ALFAGUARA^{MR}

INFANTIL

ALFAGUARA INFANTIL^{MR}

ALFAGUARA[MR]
INFANTIL

QUERIDO HIJO: ESTAMOS EN HUELGA

D.R. © del texto: Jordi Sierra i Fabra, 2011
D.R. © de las ilustraciones: Ximena Maier, 2011
D.R. © Santillana Ediciones Generales, S.L., 2012

D.R. © de esta edición:
Editorial Santillana, S.A. de C.V., 2013
Av. Río Mixcoac 274, piso 4
Col. Acacias, México, D.F., 03240

Alfaguara Infantil es un sello editorial licenciado a
favor de Editorial Santillana, S.A. de C.V.
Éstas son sus sedes:

Argentina, Bolivia, Chile, Colombia, Costa Rica, Ecuador, El
Salvador, España, Estados Unidos, Guatemala, México, Panamá,
Paraguay, Perú, Puerto Rico, República Dominicana, Uruguay y
Venezuela.

Primera edición en Santillana Ediciones Generales, S.A. de C.V.:
noviembre de 2012
Primera edición en Editorial Santillana, S.A. de C.V.:
mayo de 2013
Sexta reimpresión: febrero de 2016

ISBN: 978-607-01-1578-3

Impreso en México

Querido hijo: estamos en huelga

Jordi Sierra i Fabra
Ilustraciones de Ximena Maier

ALFAGUARA MR

INFANTIL

El primer día

En el momento de abrir los ojos, Felipe se quedó mirando el techo.

Había una mancha de humedad desde hacía algunas semanas. Cosas de vivir en el último piso. Lo curioso era que la mancha de humedad tenía forma de indio, con plumas y todo. Un inmenso penacho. La cara, de perfil, desde luego pertenecía a un gran jefe. Nariz grande y poderosa, de papa, labios enormes y ojos penetrantes. Él lo llamaba Águila Negra. "Águila" por las plumas y "Negra" porque la mancha era oscura, y en la penumbra de la habitación todavía más.

—¡Jao! —saludó a su compañero.

Águila Negra siguió tal cual.

Felipe se sentó y miró la hora en el reloj digital de su mesita de noche.

Las nueve y cuarenta.

¿Las nueve y cuarenta?

¡Las nueve y cuarenta!

No podía creerlo. Era tardísimo. ¿Por qué su madre no lo había despertado? Bueno, las clases habían terminado hacía tres días, pero ella, como mucho, a las nueve lo despertaba con sus sermones: que si se le pegaban las sábanas, que si luego se acostumbraría a dormir y en septiembre le costaría levantarse para ir a la escuela, que si dormía mucho perdía demasiadas horas del día, sobre todo las de la mañana que eran las mejores, que si se pondría gordo, que si...

Fue hacia la ventana, subió la persiana y se asomó al exterior.

Ah, un día precioso.

Todavía no era verano. Faltaban dos semanas para irse de vacaciones, pero el día desde luego invitaba a hacer de todo: salir a la calle, divertirse con los amigos, jugar un partido... Bueno, eso si su madre lo dejaba, porque después de ver sus calificaciones...

Cero en mate.

Cero en español.

Las dos a la vez, además.

La regañada que le dieron sus padres tres días antes fue de campeonato. Tremenda. De vuelta a los "que si": que si no lo aprovechaba, que si sería un burro, que si así no llegaría a ninguna parte, que si tendría que estudiar en verano, que si con lo inteligente que era no tenía sentido que reprobara, que si era un flojo y un vago, que si se distraía con el vuelo de una mosca, que si no ponía atención, que si...

—Mira, Felipe —le dijo su padre—, estudiar es importante; pero leer, todavía más. Yo no tuve tu suerte, no pude estudiar, pero leía todo lo que me encontraba, y gracias a eso soy lo que soy y estoy donde estoy.

—Mira, Felipe —le dijo su madre—. O cambias y te pones las pilas o un día te arrepentirás, porque ya no habrá vuelta atrás y serás un pobre sin cultura, que es lo peor que hay.

Bueno, faltaban tres meses para los exámenes de septiembre. No iba a ponerse a estudiar y leer ya, terminando las clases. Necesitaba un descanso.

Desconectarse.

Ésa era la palabra. Los mayores la usaban mucho, ¿no? Pues él también.

A lo mejor por eso su madre no lo había levantado antes, para que se "desconectara".

Tenía que bañarse, lavarse los dientes y vestirse. Cosas que siempre le daban flojera, pero más en vacaciones. Qué lata con bañarse. Y qué lata con lo de los dichosos dientes. Total, se le caerían a los setenta u ochenta años, como al abuelo Valerio. Si se los lavaba por la noche, ¿para qué volver a lavárselos por la mañana? ¡No los había usado, por lo tanto seguían limpios!

Mientras salía de la habitación, hizo memoria.

¡Había quedado con Ángel para ir a jugar futbol en el parque!

Ése sí era un buen plan.

Así que fue a buscar a su madre, que como trabajaba de traductora en casa, no tenía un horario riguroso ni se pasaba el día en la calle.

La gimnasta

Su madre estaba en la terraza haciendo...

—Mamá, ¿qué haces?

—Pues gimnasia.

Felipe abrió los ojos.

¿Gimnasia?

Su madre tenía cuarenta años, era alta, todo el mundo decía que muy guapa, ojos grandes, nariz perfecta, cabello largo y negro, buena figura. Su padre la adoraba. A veces la miraba y le decía a él:

—Tienes la madre más preciosa del mundo.

Se querían, claro.

Ahora su madre hacía gimnasia.

Allí, a mitad de la terraza, luciendo un ajustado top y unos shorts, a la vista de todo el mundo, porque había casas más altas que la suya. Se estiraba por aquí, se estiraba por allá, brazos, piernas, hacía flexiones, inhalaba, soltaba el aire y así una y otra vez.

Agotador.

Y además tan inútil.

Él hacía lo mismo pero jugando futbol, y así se divertía.

—¿Vas a quedarte ahí mirándome como un tonto? —le soltó de pronto.

Felipe reaccionó.

Solía quedarse pensativo.

—¿Por qué haces gimnasia? —quiso saber.

—Para ponerme en forma, que luego te descuidas y pasa lo que pasa.

—¿Qué es lo que pasa?

—Pues que el día menos pensado se te empieza a colgar todo.

—¿Y a ti cuándo te dio por eso?

—Anoche. Me dije: Sonia, es el momento de cambiar. Y aquí estoy.

No paraba.

Hablaba y se movía. Estiraba las piernas, doblaba el cuerpo y tocaba el suelo con las palmas de las manos, hacía sentadillas, giraba sobre su cintura.

A su madre le pasaba algo.

Cuarenta años. Ya era mayor. La pobre.

—¿Eso que te ha dado tiene que ver con lo de la monopausia?

—Meno, no mono —lo corrigió—. Menopausia —luego lo miró de soslayo, frunció el

ceño y preguntó—: ¿Dónde escuchaste esa palabra si no lees nada?

—En la escuela —pasó por alto su burla—. Alguien dijo que la Florencia nos reprobaba porque estaba monopúsica... bueno, menopáusica.

—¡Qué tonterías! —se molestó ella—. ¡Y qué manera de faltarle al respeto! ¡Son tontos y encima le echan la culpa a los demás! —se molestó más y agregó—: ¡Y no, no estoy menopáusica! Eso les pasa a las mujeres mayores cuando dejan de menstruar. Les cambia el carácter un poco, sólo eso. No pasa nada. Forma parte de la vida —el enojo llegó al máximo y gritó—: ¡No digas palabras que no entiendes! ¡Es insultante!

—¿Entonces estás bien?

—¡Pues claro que estoy bien! ¡Qué fastidio! ¡Quieres dejarme en paz, me desconcentras!

—Está bien.

Pero no se movió de donde estaba.

Su madre puso cara de fastidio.

—¿Ya desayunaste?

—No.

—Pues hazlo.

Qué raro. No lo regañaba por haberse levantado tan tarde, o por no haberse bañado. Más aún: no le había preparado el desayuno.

Rarísimo.

Desde luego, los adultos estaban locos. Era imposible entenderlos. Lo que un día era sagrado al otro dejaba de serlo. Se contradecían.

Iba a tener que hacerse el desayuno.

Qué lata.

Fue a la cocina, tomó un tazón, lo llenó de cereal; luego abrió el refrigerador y sacó la botella de leche. Casi la derrama cuando se le fue la mano. No dejaba de pensar en su madre haciendo gimnasia.

Después de desayunar, sin haber guardado la leche en el refrigerador, dejó el tazón en el fregadero pero ni siquiera abrió la llave para remojarlo y evitar que los restos del cereal se pegaran.

Se asomó a la terraza.

Su madre seguía igual.

Qué raro que no lo molestara.

Bueno, mejor.

Felipe fue a su habitación para vestirse; no se bañó ni se lavó los dientes. Con su madre ocupada, seguro que no se daría cuenta. Se puso sus pantalones de deporte y buscó su playera favorita, la de su equipo, para ir a jugar futbol con ella.

Pero la playera no estaba allí.

Primera alarma

Felipe regresó a la terraza muy enojado.

Se cruzó de brazos y así, con tono amenazador, dijo:

—Mamá, ¿y mi playera de futbol?

—Ah, no lo sé —respondió ella dando saltitos con las rodillas muy levantadas mientras soltaba el aire con pequeños soplidos.

—¿Cómo que no sabes?

Su madre era la reina del orden. Aquélla era una respuesta imposible.

—¿No está en tu cuarto?

—¡No, y la necesito hoy!

—Pues qué raro.

Ni se inmutaba. Seguía en lo suyo. Salto, estiramiento, pierna por aquí, pierna por allá...

Felipe abrió la boca.

Volvió a cerrarla.

¡Su madre no le hacía caso!

Rarísimo.

Apretó los puños y, como un toro furioso, se fue directo al cuarto de lavado. Una vez en él revolvió el cesto de la ropa sucia.

Lo que temía.

Su playera estaba allí, en el fondo, sucia, arrugada, manchada y oliendo horrible.

¡No iba a poder ponérsela!

¿Cómo pretendía ELLA que jugara futbol con otra playera?

—¡Aaah...! —se enojó aún más.

Regresó a la terraza. Su madre se había sentado en el suelo. Trataba de tocarse la punta de los pies con los brazos extendidos. Estaba roja por la tensión y el esfuerzo.

—¡Mamá! —el grito casi la hizo saltar—. ¡Mi playera está sucia!

Ella lo miró. No movió ni un músculo.

Sólo puso cara de sorpresa, pero no mucha.

—Ah, vaya —se encogió de hombros.

—¿Cómo que "¡Ah, vaya!"? —Felipe no podía creerlo—. ¡Lleva dos días en el cesto!

—¿Ah, sí?

—¡No la has lavado! —gritó exasperado.

Ahora sí, su madre puso una cara muy rara, como de desconcierto.

—¿Yo? —dijo remarcando la "o"—. Pero si la que lava las cosas es la lavadora. Se lo pedí. Lo recuerdo perfectamente.

Su madre debía de llevar mucho rato al sol. Se le había ablandado el cerebro. Eso o estaba enferma.

—¿Cómo que... se lo pediste a la lavadora? —tartamudeó él, desconcertado.

—Sí, ayer, lo recuerdo perfectamente. Le dije: "Lava esto que Felipe lo necesitará para jugar futbol".

—Mamá, la lavadora no funciona sola.

Por un momento pareció que fuera a echarse a reír. Pero no. No lo hizo. Es más, consiguió tocarse la punta de los pies haciendo un esfuerzo y luego dejó caer los brazos, agotada. Siguió mirando a su hijo con cara de inocente, como si nada de eso tuviera que ver con ella.

—Ya decía yo —chasqueó la lengua.

—¡Mamá!

—¿Qué? ¡Ay, Felipe, deja de gritar!

—¿Te da igual?

—¿A mí? Para nada.

—¿Te pasa algo?

—¿A mí? No. ¿Tú sabes cómo se usa una lavadora?

La pregunta lo tomó por sorpresa, desconcertándolo.

—Bueno... se abre la tapa, se mete la ropa, se le echa jabón y... ya está, digo yo, no sé.

—Pues ándale, prueba —le hizo un gesto displicente con la mano para indicarle que podía retirarse.

Su madre se había vuelto loca. Total y absolutamente loca. Pobre. Su trabajo, cuidar la casa, sus materias reprobadas... Era fuerte, o lo parecía, mucho más que otras madres, pero al final, la edad, la mono... menopausia o lo que fuera, había podido con ella.

Habría que meterla en un asilo para ancianos el día menos pensado.

—Mam...

Se quedó a medias.

Su madre, acostada boca abajo, intentaba tocarse el trasero con los pies.

Felipe la dejó sola, rendido.

Madres, madres, madres

La prueba final de que algo estaba sucediendo llegó al irse de casa.

Por lo general, había que discutir, pactar, prometer volver a la hora, jurar portarse bien, no meterse en problemas, ver el semáforo antes de cruzar la calle y un largo etcétera. Por sus malas calificaciones, el peligro eran los castigos, que no lo dejaran salir, una venganza típicamente adulta.

Aunque luego le dijeran que se pasaba el día en su cuarto jugando con sus videojuegos y estaba blanco porque no lo tocaba el aire ni hacía ejercicio y que se iba a enfermar en invierno.

—¡Me voy! —anunció desde la puerta.

Silencio.

—¡Mamá, me voy! —gritó aún más.

Y desde la terraza, en pleno esfuerzo gimnástico, ella le respondió con un simple y lacónico:

—¡Bien!

Ningún sermón, consejo, nada.

Bueno, ya pensaría en ello después. Ahora...

Echó a correr, cerró la puerta de golpe, saltó los escalones de tres en tres, evitó chocar con la señora Elvira, la del tercero, que le tenía fobia al elevador y subía y bajaba a pie, y atravesó el vestíbulo pisando justo por encima de donde el conserje, el señor Federico, acababa de limpiar. Ni los gritos de la señora Elvira, literalmente pegada a la pared como una calcomanía, ni los del señor Federico, blandiendo su trapeador como una espada, lograron detenerlo.

¿Qué culpa tenía él de que la señora Elvira subiera y bajara a pie a sus años, y de que al señor Federico le diera por ponerse a limpiar el vestíbulo a esa hora? ¿Qué querían? ¿Que volara?

Desde luego, el mundo estaba al revés.

Cuando Ángel lo vio llegar se quedó muy quieto.

—¿Qué es eso? —señaló su playera.

En casa no le habían quedado más que dos opciones. Ponerse una playera cualquiera o usar la sucia, a pesar de las manchas, el olor y todo lo demás.

Había escogido la segunda.

Total, volvería a ensuciarla.

—¿Qué va a ser? Mi playera.

—Apesta a un kilómetro.

—Porque eres un narizotas. Si tuvieras una nariz normal, como la mía, no olerías nada.

—No seas tonto.

—Y tú no seas idiota.

Echaron a andar hacia el campo de futbol, donde ya se habían reunido algunos de los chicos del barrio. Podían empezar a patear la pelota mientras esperaban al resto para formar los equipos. Ángel se dio cuenta de que a su amigo le sucedía algo.

—¿Hubo bronca?

—No.

—Pues si a mí, con una reprobada, casi me condenan a la silla eléctrica, a ti, con dos...

—Que no es eso.

—Bueno.

Se rindió. A fin de cuentas, Ángel era su mejor amigo.

—Es mi madre —dijo—. Está muy rara hoy.

—La mía lo está siempre.

—Dice que le habló a la lavadora.

—Bueno, la mía le habla a la tele, y hasta le grita.

—Estaba haciendo gimnasia.

—La mía arma rompecabezas. Es una fanática de los rompecabezas.

Felipe se sintió irritado.

—¿Esto qué es? ¿Un concurso de madres raras?

—Tú empezaste.

No llegaron hasta donde estaban los demás. Felipe tenía el ceño fruncido y cara de muy malas pulgas. El comportamiento de su madre era de lo más extraño. Se había levantado tarde, no se había bañado ni lavado los dientes, había tenido que prepararse el desayuno. Ninguna orden. Nada. Y, además, lo de la lavadora. Y, para rematar, lo de la gimnasia.

¿Iba a ser así todo el verano?

Sintió escalofrío.

¿Siempre?

—Vamos, hombre —le dio un codazo Ángel—. Ya sabes que los mayores tienen días y días, que no siempre están igual. Hoy se ríen de una gracia y mañana eso mismo les molesta y te echan un sermón.

—Mi madre no —suspiró—. Es muy cuadrada.

Miraron el campo de juego. El día era espectacular. Prometía. Y más con todo un verano por delante, las vacaciones en dos semanas y septiembre muy, muy lejos.

Tenía tiempo de sobra para aprobar mate y español.

Total...

—Vamos a jugar —se decidió Felipe.

Una mañana asquerosa

No fue la mejor de las mañanas.

Más bien fue asquerosa.

Los dos que jugaban mejor futbol, Javi y Andrés, eran los que siempre escogían, y a él lo eligieron penúltimo, como si fuera un torpe o no lo quisieran.

Además, Ángel estaba en el otro equipo y decidió marcarlo.

Con la primera entrada, Felipe cayó al suelo.

—¡Cuidado, tonto! —protestó.

Su amigo puso cara de inocente.

Con la segunda entrada, más que caer al suelo voló por los aires.

Se dio tremendo golpe en el trasero, y contra la parte más dura y pedregosa del campo.

—¿Se puede saber qué te pasa hoy? —se quejó Felipe.

—En el campo no conozco ni a mi padre —respondió Ángel.

Eso lo habían oído hacía unos días de boca de Pedrinho, el jugador estrella del equipo local.

Todos le habían aplaudido.

—Si hubiera árbitro te expulsaría —dijo Felipe.

—Pero como no lo hay...

Decidió irse al otro lado, para que no lo marcara Ángel. Lo malo es que del otro lado estaba el salvaje de Josema, que le sacaba veinte centímetros de altura y cuando pateaba nunca sabía si le daría a la pelota o al rival.

Felipe lo comprobó cuando se le hundió la pierna en el estómago.

Tuvo que retirarse a la banda a recuperar el aliento.

Por suerte, cinco minutos después, la madre de Josema se presentó en el parque pegando gritos y se lo llevó casi a rastras. La madre medía cuarenta centímetros menos que Josema, así que la escena fue muy interesante.

Su nuevo marcador era Miguelito, un debilucho.

Por fin pudo jugar más. Ya estaban dos a dos.

Pero siguió siendo una pésima mañana.

Obdulio, al que todos llamaban Obiuankenobi, le sirvió un gol en bandeja. No tenía más que empujar el balón a la red pero... a un metro de la línea de gol lo mandó a las nubes.

Felipe se quedó mirando el suelo, buscando la maldita piedra causante de aquel terrible error.

En la siguiente jugada pasó casi lo mismo. El defensa rival hizo un mal despeje y el balón cayó en sus pies. No tenía más que colocarlo a la derecha del portero con un suave toque...

Se le fue más allá del poste.

—¡Te voy a poner de portero! —le gritó furioso Javi.

Se concentró. Ya perdían por dos goles a tres cuando hizo su gran jugada. Logró burlar al defensa, se metió en el área, intentó driblar al central, lo consiguió, y ya encarando al portero, éste le detuvo como si en lugar de jugar futbol jugaran rugby.

Penalti.

No pudo ni tomar el balón. Lo hizo Javi.

—Yo quiero cobrarlo —se quejó Felipe—. ¡El penalti me lo hicieron a mí!

Le bastó con ver la cara de su capitán para no insistir.

Gol.

Tres a tres.

Y nada más sacar de centro, el mismo Javi robó la pelota y marcó el cuarto gol, en plan de estrella del futbol.

Iban a ganar.

Quedaba poco para acabar el partido, y como los oponentes atacaban en grupo, hubo que defender. Todos. Era ya el último minuto y el balón se fue a tiro de esquina. Felipe se quedó bajo el arco.

La pelota voló y fue a parar a la cabeza de Ángel, que estaba solo. Bajito o no, aunque cerró los ojos, logró rematarla con fuerza.

El balón fue directo a Felipe.

Le bastaba con despejarlo y ¡partido ganado!

Lo que sucedió... fue de lo más extraño e imprevisible. Primero su torpeza, se movía como si tuviera una pierna de madera, después el susto, finalmente el miedo. Todo ello en menos de un segundo, lo que duró el vuelo del balón tras el remate de Ángel.

El gol no lo hizo su amigo, lo metió él mismo, solito. Autogol.

Y además, al caer al suelo, se le rompió la playera y se golpeó la rodilla con el poste.

Mientras los del equipo rival rodeaban a Ángel para abrazarlo, los del suyo lo rodearon a él, que seguía en el suelo, pero para matarlo.

Sus caras no eran nada amigables.

—¡Qué malo eres!

—¡No te vuelvo a elegir, aunque falten jugadores!

—¡Niñita!

O se peleaba con todos, y llevaba las de perder, o se resignaba y aguantaba los reclamos.

Se resignó, aunque eso de aguantarse...

—¡Qué pasa! ¡Llevaba efecto! ¡Y además, la culpa es de Mateo! ¿Dónde estaba Mateo, eh? ¡El portero tiene que parar el tiro!

—¿Quieres ver cómo paro un tiro? —lo amenazó Mateo.

Cuatro a cuatro. Para desempatar tiraron penaltis. Casualmente Javi falló el suyo y perdieron. Pero al contrario que a él, todos fueron a consolarlo.

—Qué mala suerte.

—Así es esto, es una lotería.

—Es culpa de la cancha, que cada día está peor.

Felipe se cansó y sin despedirse emprendió el camino de vuelta a su casa. A los pocos pasos lo alcanzó Ángel, feliz por la victoria y como si no pasara nada.

—¿Qué hacemos esta tarde? —le preguntó.

—Nada.

—¿Cómo que nada? ¿Te castigaron?

—Creo que me quedaré a estudiar mate —Felipe lo fulminó con una mirada tipo rayo láser, aunque con efectos menos mortales—. Mejor eso que aguantar esto.

—¡Uy, cómo te pones! —suspiró su amigo—. ¿Y eso del *ferpley?*

—¿El qué?

—El *ferpley,* lo de que cuando uno se cae los rivales echan la pelota fuera o si le da un calambre al portero no tiran.

—No se dice así.

—¿Ah, no? ¿Y cómo se dice?

—No lo sé, pero así no.

Ángel miró por encima de su cabeza fingiendo buscar algo con el ceño fruncido.

—¿Y ahora qué? —se quejó Felipe.

—Nada, busco la nube que llevas todo el rato encima.

—¡Mejor me voy! —le dio la espalda y se encaminó a su casa con un humor de perros.

—¡Hasta luego, campeón! —se despidió Ángel burlón.

Luego se echó a correr porque Felipe ya se había agachado a recoger una piedra.

Una pizza en camino

Llegó a su casa a una hora más que decente, con la camiseta rota, la rodilla pelada y su orgullo pisoteado. La rodilla era una herida "de guerra". Lo otro no. Su querida camiseta. Su honor.

—A ver qué pasa ahora —se puso serio.

Esperaba tropezarse con el sargento de guardia, o sea, su madre en plan de inspector general. Pero nada más abrir la puerta con lo que se encontró fue con el silencio.

¿Y si todavía estaba con lo de la gimnasia?

—¿Mamá?

Nada.

Lo comprobó. Terraza, comedor, sala, cocina, cuarto de baño, habitaciones...

Casi la hora de comer y no estaba en casa.

Increíble.

Fue a su cuarto, se quitó la playera y contempló el agujero. Su madre tendría que esmerarse para dejarla bien y que no se le notara.

Porque comprarle otra... entre las materias reprobadas y lo que costaban... No supo si volver a llevarla al cuarto de lavado o ponerla a la vista para que ella misma se diera cuenta del desastre.

La dejó en el cesto de la ropa sucia, pero arriba de todo, con el agujero por delante.

Faltaban quince minutos para la hora de la comida.

Y entonces oyó el ruido de la puerta al abrirse.

Luego una voz.

—¡Hola!

Su padre.

Salió a recibirlo. Cuando era pequeño corría por el pasillo y se echaba en sus brazos. Ahora era mayor, y con eso de las materias reprobadas...

Mejor ser cauteloso.

—Hola, papá.

—Hola, Felipe, ¿qué sucede?

—Mamá no está.

Pensaba que su padre se mostraría extrañado, o incluso molesto, aunque no era nada machista.

Pero no.

—Ah, sí, ya lo sé —dijo—. Me llamó. ¿Pedimos unas pizzas?

Felipe abrió los ojos como platos.

¿Pizzas?

Sólo pedían pizzas algunas noches, como algo excepcional, porque a sus padres les gustaba "comer sano", verduritas y cosas así.

—¿Quieres pedir pizzas... para comer? —quiso dejarlo claro.

—Sí, está bien, ¿no?

—Sí, sí —Felipe movió la cabeza de arriba abajo un par de veces, afirmando.

—Siempre quieres pizza —dijo su padre.

—Que sí, que sí —insistió para que no fuera a cambiar de idea.

—Pues ya está. ¿De qué la quieres?

Su padre parecía de buen humor. Después de los dos ceros era algo maravilloso, extraordinario. A lo mejor si le pedía otra playera se la compraba.

—Cuatro Estaciones.

—Yo la pediré... de carne —sacó su cartera del bolsillo y le dio un billete de cincuenta euros—. Yo llamo, pero como voy a estar ocupado, cuando vengan pagas tú, ¿de acuerdo?

—Sí, papá.

Su padre desapareció en su habitación y él se metió en el baño para hacer pipí.

—Le habrán subido el sueldo —murmuró Felipe—. Y además ya hace buen tiempo, y ya casi es verano...

Salió del baño y se fue a su habitación a jugar con la consola de videojuegos mientras esperaba la llegada de las pizzas. Al sentarse en su mesa de estudio se dio cuenta de algo.

La consola no estaba allí.

Buscó bien: la mesa, los cajones, el armario...

Luego se preocupó.

¿Y si se la habían quitado porque reprobó?

Sintió escalofrío.

Todo el verano sin jugar.

—Ay —suspiró mientras sentía un nuevo escalofrío.

Salió de la habitación dispuesto a todo. A pelearse con quien fuera si hacía falta. ¡Los ceros eran los ceros y los derechos humanos los derechos humanos! Llegó a la sala y cuando se disponía a hablar con su padre, se quedó paralizado y con la boca abierta.

La consola, su estupenda *M-Box 97 Flash-up,* estaba allí.

La tenía su padre.

Estaba jugando a matar marcianos con ella.

Matando marcianitos

Se quedó mirando a su desconocido padre como si fuera la primera vez que lo veía. Aunque desde luego era la primera vez que lo veía así.

Despeinado, alterado, haciendo muecas, agitándose en el sillón mientras sus dedos presionaban frenéticamente los botones del control.

—¡Así, así!... ¡Bien!... ¡Toma, asqueroso mutante, bicho repugnante!... ¡Uy!... ¿Quieres pelea? ¡Tendrás pelea!... ¡Yeeeeppp-aaa!

—¡Papá!

Ni caso.

—¡Vamos, vengan, vengan por mí, estúpidos marcianos!

—¡Papá!

—¡Cállate ya, Felipe, no me distraigas, que voy a romper el récord ahora mismo! —dijo mientras casi saltaba del sillón sin dejar de disparar.

¿Aquél era *su* padre?

Felipe estaba seguro de que nunca podría olvidar su expresión de locura.

Esperó un minuto. Dos.

Terminó el juego, pero se quedó en el sillón, jadeando, sudoroso, despeinado y la misma expresión de locura de un par de minutos antes.

—¡Qué juego! —gritó por fin, emocionado, cerrando un puño en señal de victoria.

Felipe decidió tener calma.

—No sabía que te gustaban los videojuegos —dijo.

—¿Gustarme? ¡Son geniales!

—Ah.

—¿Llegaron las pizzas?

—No.

—Entonces vete. Avísame cuando lleguen. ¡Voy a romper nuevamente el récord!

—Papá, la consola es mía.

La mirada que le lanzó su progenitor no indicaba nada bueno.

—No seas aburrido, ándale. Déjame jugar —se preparó para comenzar de nuevo.

—¡Quiero jugar yo!

—Lo siento pero me toca. Vete a estudiar o a leer o haz algo, pero no me molestes.

¿Molestar?

Primero su madre y la gimnasia. Ahora su padre y los videojuegos. Allí pasaba algo muy raro.

—¿Jugamos juntos? —propuso muy indeciso.

—No.

Fue tan categórico que Felipe se sintió más confundido. Por lo general, era su padre el que quería jugar con él, pero Felipe se negaba porque se creía muy mayor para ello.

—¿Por qué?

—Porque cuando te gano te enojas.

—No vas a ganarme.

—¡Ja, ja! —se rio y añadió—: ¡Largo!

—¡La consola es mía! —se desesperó Felipe.

Eso sí hizo que su padre lo mirara fijamente.

—¿La pagaste tú?

—Fue un regalo.

El hombre hizo memoria.

—¡Oh, sí, ya me acordé! —alzó las cejas—. Bueno, pues queda confiscada.

—¿Cómo que...?

—Requisada por la autoridad competente —debió de parecerle gracioso el término porque sonrió con sadismo—. Mira qué bien.

—Bueno, ya, ¿no?

No, no valía.

Su padre se puso serio.

—Felipe, ¡largo!

Conocía el tono. Vaya que si lo conocía. Era el mismo que había empleado el día cuando le dijo que había reprobado.

No podía creerlo.

Su consola... confiscada.

El peor de los cataclismos.

Una vida sin videojuegos era...

¡Nada!

Apretó los puños y le lanzó una mirada fulminante, aunque su padre, que ya había empezado la nueva partida, ni se enteró, y caminó hacia su cuarto cabizbajo, con toda su desolación por bandera.

Una vez a solas, se sintió desesperado.

Tanto, pero tanto, que agarró un libro.

¿Querían un robot, una máquina, un listillo-todo-matrículas, era eso?

Intentó concentrarse en la lectura.

No pudo.

Estaba sucediendo algo. Lo tenía claro. Algo extraño y... siniestro. Recordó una película en la que unos extraterrestres se apoderaban de la voluntad de la gente. ¿Era eso? ¿Estaban poseídos sus padres? ¿Tanto como para que ella hiciera gimnasia, le hablara a la lavadora, no estuviera a la hora de comer, y a él le diera por matar marcianitos?

Intentó leer.

Lo intentó.

Y pese a la furia y la desazón, finalmente lo consiguió.

Veinte minutos después, cuando el repartidor de pizzas tocó el timbre, Felipe estaba verdaderamente inmerso en la lectura del libro, era estupendo.

Fue a abrir la puerta y oyó la voz de su padre, que seguía jugando en la sala.

—¡Sí!... ¡Muere, maldito!... ¡Toma!... ¡Setecientos noventa mil!... ¡Bang, bang, bang!

El gran misterio

La pizza estaba muy rica, pero primera vez Felipe no la disfrutaba.

Sus peores sospechas se confirmaron cuando su padre, sin hablarle de las materias reprobadas, le preguntó muy feliz:

—¿Fuiste a jugar futbol esta mañana?

—Sí —respondió con el bocado a medio masticar.

—Qué bien —asintió el cabeza de familia.

Felipe casi se traga el trozo entero.

—Efta pizza eftá bueísima... —farfulló el hombre con la boca llena.

Otro silencio breve.

—¿Metiste algún gol?

—Marcaron un penalti cuando iba a hacerlo.

—¿Tú lo tiraste?

—No, el capitán del equipo.

—Muy bien —asintió su padre—. Así me gusta. Solidario y respetando las jerarquías.

¿Le hablaba de la playera rota, inventándose una prodigiosa jugada, para que estuviera orgulloso de él?

No, mejor no.

De un momento a otro le diría lo habitual: que estudiara, que no perdiera el tiempo, que no hiciera todo a última hora, que el verano se iba en un abrir y cerrar de ojos y bla-bla-bla.

Lo de todos los años pero agravado por sus dos ceros.

Sí, había flojeado un poco durante el año escolar, la verdad.

—Papá…

—¿Sí?

—¿En qué piensas?

—¿Yo? En nada. Estoy contento, eso es todo. ¡Rompí mi récord!

—¿Estás contento... porque rompiste tu récord del juego?

—Sí, ¿te parece poco? ¿Cuál es el tuyo?

—Novecientos cincuenta y siete mil.

—Bueno, no está mal —le dijo con tono engreído—. Eres joven. Yo, un millón noventa y dos mil.

—¿Hiciste... un millón noventa y dos mil?

—Sí.

—¿Y desde cuándo juegas con la consola para tener tanta práctica?

—Ah, empecé hoy. Esto es adictivo, ¡eh! No me extraña que te la pases jugando con ella.

—Yo no hago eso —se defendió Felipe.

—No, si está bien —comentó su padre encogiéndose de hombros—. No todo el mundo puede ser arquitecto o médico. A lo mejor te conviertes en campeón mundial de matar marcianos.

Aquello era el colmo.

—Papá, ¿estás bien?

—Estupendamente —le dio una enorme mordida a la pizza y masticó con energía—. Ya quiero terminar de comer para volver a jugar. ¡Seguro que llego al millón y cuarto!

—¡Papá!

—¿Qué?

—¿No vas a trabajar?

—No, hoy no. Tengo la tarde libre, ¿por qué?

—Podríamos ir a alguna parte.

—Uy, no, no puedo.

Era la misma conversación que habían tenido una semana antes, sólo que al revés.

Aquello era cada vez más extraño.

Felipe se levantó y pasó por detrás de su padre buscando alguna marca que le hubieran dejado los marcianos cuando se apoderaron de su cerebro. No vio nada. A lo mejor eran esporas y las había respirado. O como la criatura esa de *Alien,* que salía por el pecho.

—Recoge la mesa —ordenó el hombre y se puso en pie todavía masticando el último bocado de pizza—. ¡Voy para allá!

Lo vio caminar en busca de su sillón y del contról de la consola.

Se sintió muy solo.

Muy mal.

Hizo lo que le dijo, porque no tenía ni fuerzas para discutir. Recogió la mesa, puso los platos en el fregadero y se metió otra vez en su habitación. Tuvo que cerrar la puerta porque el entusiasmo de su padre rayaba en la locura. Cada vez gritaba más.

Puso música para no escucharlo.

Leyó un poco más.

Una hora.

Cuando salió, los gritos seguían.

—¡Aaah!... ¡No podrás conmigo!... ¡Vamos, ven, bicho peludo!... ¿Ah, sí, ah, sí, tú y quién más? ¡Toma!

Era insoportable.

Y su madre no regresaba.

Llegó a la sala e hizo su último intento.

—¡Papá, vengo!

—Mmm...

—¡Papá, saldré!

Esperaba el "no regreses tarde" o peor, el "¿adónde vas?" previo al recordatorio de sus materias reprobadas.

Pero no.

—¡Está bien!

Felipe caminó hasta la puerta, la abrió, salió, cerró despacio y bajó la escalera peldaño a peldaño, pensativo, sin creer lo que estaba sucediendo, porque desde luego sucedía algo y muy grave, con o sin marcianos de verdad apoderándose de la voluntad de sus padres.

Cuando llegó a la calle no supo adónde ir, porque era muy temprano para reunirse con Ángel.

—¡Ja! —resopló abatido, sentándose en la acera, frente a su casa.

La gota que derramó el vaso

No llegó muy tarde, y por si acaso, fue a darle un beso a su madre, que ya estaba en casa.

—Hola, mamá.

—Hola, cariño, ¿te divertiste?

—Sí.

—Me alegro.

Eso fue todo.

Creía que su padre ya no estaría jugando, pero se equivocó. A unos pasos de la sala, oyó sus comentarios y suspiros:

—¡Ya, ya...! ¡Un millón y cuarto, sí, bien!

Se asomó por la puerta. Su padre estaba desencajado, rojo, con los ojos fuera de las órbitas. Disfrutando como un niño, eso sí.

—Mamá, ¿ya viste a papá?

—Sí, parece un niño, ¿verdad?

—¿No estará enfermo?

—No, qué va, es que le agarró gusto a eso. ¡Ya puedes despedirte de la consola!

Y se echó a reír alegremente.

Regresó a su habitación, al libro. Se sentía hundido, sin ganas de nada, aunque reconocía que la novela era muy buena, la mejor de las que había leído últimamente. Era lo único que le evitaba pensar en lo que sucedía en casa y lo apartaba de las preocupaciones. Su madre en plan indiferente y su padre...

¿Y si ellos eran los extraterrestres?

Felipe comprendió en ese momento que estaba realmente asustado.

Se puso a leer y esta vez le costó más concentrarse. Un sexto sentido le advertía del peligro. Conocía muy bien a sus padres, desde que había nacido, y aquello no era normal; todo lo contrario, era rarísimo.

Esperó la hora de la cena con un nudo en el estómago y la cabeza llena de malos pensamientos.

Pero al menos, como antes, el libro logró capturar su atención y se volcó en él, sumergiéndose en la historia. Tanto que de pronto miró la hora y se sintió desconcertado.

¡Las nueve y veinte!

En su casa se cenaba muy puntual, porque su madre era una obsesiva de las "comidas-a-su-hora". Eso permitía digerir bien la comida, acostarse sin tener la cena como quien dice todavía en la garganta, ni tener pesadillas a causa de un estómago lleno. Ah, y comer sano, siempre sano.

Las nueve y veinte y no lo habían llamado a cenar.

Dejó el libro y se asomó por el pasillo.

Aguzó el oído.

¿Seguiría su padre jugando como un loco?

Se armó de valor y fue a la sala.

No, su padre ya no jugaba. Él y su madre veían una película en la tele, tan tranquilos. Debía de ser divertida porque se reían como bobos, muy juntitos, abrazados en el sofá como una pareja de novios.

Y a su lados tenían sendos platos vacíos.

Ellos sí habían cenado.

¡Sándwiches! ¡Nada de comida sana y-en-la-mesa!

Cada vez le costaba más comprender todo aquello, así que dudó nuevamente. Pero tenía hambre. Mucha hambre. Por lo tanto se acercó a su madre y...

—Mamá.

—Ahora no, Felipe, que está muy interesante. Espérate a los comerciales.

—Pero...

—Chissst...

Los dos rieron de nuevo cuando a la protagonista se le cayó todo al suelo.

No tuvo más remedio que hacer lo que le decía. Una voz interior le aconsejaba que mantuviera la calma, que no gritara, que no se enojara. Por lo menos hasta saber qué estaba pasando.

Tuvo suerte. A los dos minutos empezaron los comerciales.

—¡Voy al baño! —dijo su padre.

Felipe se quedó solo con su madre.

—Mamá… —le recordó que estaba allí.

—¿Qué quieres?

—Cenar.

Su madre alzó las cejas. Igual que si le pidiera algo muy raro.

—¿No has cenado?

—No.

—¿Y eso?

—Bueno... si no me hablaste.

—¿Hablarte? ¿Para qué?

—Pues para cenar.

—Veamos… —ella volteó a verlo sin cambiar de posición, seguía con las piernas dobladas sobre el sofá.

—¿Quieres cenar?

—Sí.

Ella lo tomó del brazo derecho.

—¿Qué es esto? —preguntó.

—Mi brazo.

—¿Y esto? —sostuvo su mano.

—Mi mano —dijo él sin entender nada.

—Y a ver... —se puso a contarle los dedos—. Uno, dos, tres, cuatro... y cinco. ¿Correcto?

—Sí.

Tomó su otro brazo, el izquierdo.

—¿Te parece que éste es igual?

—Sí.

—¿O sea que tienes dos brazos, dos manos y veinte dedos, y todo funciona correctamente?

—Sí —Felipe tragó saliva, empezaba a comprender hacia dónde iban los comentarios.

—Mira tú —la mujer hizo un gesto de lo más evidente—. Tienes lo necesario para hacer de todo, como por ejemplo la cena.

—¡Mamá!

—¡Ay, Felipe, te has pasado todo el día gastando mi nombre, hijo! ¡Anda, vete a la cocina! Hay pan, jamón en el *tupper* azul y jugo en el refrigerador —la película iba a continuar, porque la cadena puso un último anuncio de autopropaganda que ya conocían. Entonces ella gritó—: ¡Quique, ya va a empezar!

Su padre regresó a la sala a toda velocidad.

Se sentó en el sofá, volvieron a tomarse de las manos como niños, ella se recostó sobre él e ignoraron todo menos la película.

Imposible decirles algo más.

Y mucho menos preguntarles de una buena vez qué estaba pasando allí.

Felipe los dejó solos.

Se reían.

Tan tranquilos.

Fue a la cocina, se preparó un sándwich, se lo zampó hambriento, y como no había vigilancia materna, incluso comió chocolate de más de postre, aun sabiendo que podría tener una mala noche y pesadillas. Era una venganza tonta, porque quien la pasaría mal sería él, pero es que estaba furioso.

Y preocupado.

Cuando se metió en la cama, a la hora que quiso, porque ni su padre ni su madre le dijeron que lo hiciera y apagara la luz, le dolía el estómago y por su cabeza sólo cruzaban malos pensamientos.

El segundo día

Durmió muy inquieto y tuvo tantas pesadillas que al abrir los ojos al día siguiente, tarde aunque no tanto como la mañana anterior, ni se fijó en Águila Negra y saltó de la cama dispuesto a enfrentarse a la verdad. Y si sus padres eran extraterrestres o habían sido abducidos por ellos, buscaría un antídoto o algo así.

Porque, desde luego, normales no estaban.

Claro que no.

Salió de su habitación para primero ir al baño, pero apenas pudo dar un paso. El pasillo, siempre inmaculado, ahora estaba lleno de carteles pegados en las paredes y las puertas con cinta adhesiva. Carteles con enormes letras de colores, chillonas, espectaculares.

Se le doblaron las piernas cuando empezó a leerlos:

"Padres unidos jamás serán vencidos", "Padres al poder", "Dales una oportunidad a los padres",

"¡Resistiremos!", "No nos moverán", "¡A las barricadas!", "Abajo la dictadura de los insolidarios", "Mayo del 68 revisado", "Somos espíritus libres"...

El de su puerta decía "¡Peligro!".

Sólo porque se estaba haciendo pipí, que si no...

Se metió al baño. En el espejo había un mensaje escrito en rojo: "¡Huelga!". Y al subir la tapa del inodoro, en el interior, descubrió otro: "¡Caca!".

Orinó a la velocidad del rayo y, sin acabar de soltar la última gota, salió a toda velocidad con el alma en vilo, el corazón encogido y la mente confundida.

Su madre estaba en la terraza. No hacía gimnasia. Tomaba el sol en biquini.

Un biquini ajustadísimo, de color verde botella brillante.

—¿Mamá? —dijo completamente paralizado.

—¡Ah, hola! —ella ni se movió, como si por hacerlo fuera a quedarse sin algún rayo solar.

—Mamá —repitió casi bloqueado.

—Me estás gastando el nombre, cielo.

—¿Qué... haces?

—¡Uy, qué pregunta! ¿No lo ves? Tomar el sol tan ricamente —suspiró profundamente y soltó un comentario reivindicativo—: ¡De lo que me he perdido estos años!

Felipe temía hacer la gran pregunta, sobre todo después de ver aquellos carteles pegados en las paredes.

—Es que... hoy es... sábado —tartamudeó.

—¿Sábado? Ni me acordaba. Bien, bien.

"Padres al poder."

"¡Huelga!"

"Abajo la dictadura de los insolidarios."

Allí el único "insolidario" se suponía que era él.

—Mam...

—Mira, Felipe —ahora sí su madre movió la cabeza para verlo, pero sin alterarse, sin enfadarse, con toda naturalidad—. Haz lo que quieras, no me tienes que pedir permiso para nada.

—¿Ah, sí?

—Lo que tú quieras.

—¿Todo?

—Todo.

Parecía un regalo de los dioses, el sueño de todo niño, y sin embargo le parecía una catástrofe. Un mundo sin leyes ni autoridad paterna.

O sea... el caos.

Despertar a cualquier hora, tener que hacerse el desayuno, la comida y la cena, no encontrar su playera limpia en el ropero, olvidarse de sus videojuegos...

—Bueno, ya —se rindió—. ¿Me vas a decir de una vez qué está pasando aquí?

La mirada de su madre lo hacía todo tan evidente.

—Ay, Felipe, hijo, pareces tonto. ¿No viste los carteles?

—Sí.

—Creíamos que ayer ya te había quedado claro, pero como no entendiste nada hicimos todos esos letreros para reivindicar nuestros derechos —y entonces le soltó la bomba tan alegremente, porque lo hizo sonriendo feliz—: ¡Estamos en huelga!

—¿En... huelga?

—¡No repitas todo como un loro, que pareces un disco rayado! ¿Quieres dejarme tomar el sol? ¡Estamos en huel-ga, huel-ga! —levantó un puño al cielo y se puso a cantar—: "No, no, no nos moverán. No, no, no nos moverán".

Felipe ya no pudo decir más.

Su madre estiró la mano, agarró el iPod que tenía a su lado, se puso los audífonos y lo encendió.

Rock duro, a todo volumen.

Ella.

—¡Guao! —gritó enardecida.

Hora de irse.

¡Huelga!

Su padre seguía con la consola.

Más y más emocionado.

No se atrevió a interrumpirlo. Despeinado, feliz, medio histérico, moviéndose como si tuviera un ataque de epilepsia, su progenitor apretaba sin parar los botones del control. Dejó que superara una vez más su récord. Ya estaba en un millón y medio de puntos. Increíble. Jamás hubiera imaginado que un adulto consiguiera algo así. Creía que no tenían bastantes neuronas, o reflejos, o las dos cosas a la vez. Pero sí. Ahí estaba la prueba.

—¡Un millón quinientos nueve mil doscientos setenta y cinco! —cantó el hombre, feliz como un niño con zapatos nuevos.

—Papá… —lo interrumpió Felipe antes de que empezara otra partida.

—¿Qué? ¿No ves que estoy jugando?

¿En dónde había escuchado esa frase?

Lo mismo que decía cuando sus padres lo interrumpían.

Se dio cuenta de lo desagradable que era.

—Papá, oye, que esto ya... Bueno, quiero decir que... Es que verás... —no había forma de que encontrara las palabras adecuadas, y mientras, su padre lo miraba con cara de fastidio y aburrimiento—. Yo... —finalmente se rindió—. Papá, ¿qué pasa?

—¿No viste los carteles?

—Sí.

—¿No te contó tu madre?

—Sí.

—Pues ya está, es eso: que estamos en huelga.

—¿Tú también?

—Sí, sí, claro.

—No pueden hacer huelga.

—¿Ah, no? —le observó perplejo.

—¿En huelga de qué, a ver?

—Pues de padres —asintió el hombre con toda naturalidad—. Estamos en una huelga de padres.

Felipe sabía lo que era una huelga.

Pero de padres...

Era la primera vez que oía algo semejante.

—Eso es absurdo —dijo.

—¿Por qué?

—Porque siempre serán padres.

—Sí, pero podemos dejar de serlo por unos días, o unas semanas, o unos meses. Tomarnos un respiro. Y eso es lo que hemos decidido hacer —se llenó los pulmones de aire—. ¿Sabes algo? Es fantástico. No sé cómo no lo habíamos pensado antes.

El chico buscó razones y la única que se le ocurrió fue:

—¿Es un juego?

—No.

—No entiendo nada.

—Pues es muy sencillo —su padre dejó el control de la consola y se puso serio—. Somos tus padres, no tus esclavos, así que desde hoy... Esto es una democracia: el poder del pueblo para el pueblo. Todos somos iguales. ¿Quieres comer? Te lo haces tú. El refrigerador estará lleno, descuida, eso queda claro porque no tienes dinero para comprar nada. ¿Quieres ropa limpia? Te la lavas. ¿Quieres salir? Sales, pero eso sí, asumiendo tu responsabilidad. Nosotros ya no vamos a discutir más.

—Pero... no es justo.

—¿Por qué no es justo, a ver?

—Soy un niño.

—Ah, ¿y eso te da derecho a todo? Reprobar, no estudiar, quejarte, poner mala cara, enojarte, no hacer caso, no hacer nada, ensuciar, no recoger tu cuarto o la mesa, jugar todo el día con la consola, tomarnos el pelo como si fuéramos tontos... ¿Sigo?

—No, no —lo dicho y más se lo sabía de memoria—. Pero no es justo —repitió.

—¡Y con qué me sales!

—Quiero decir que yo no hago todo eso adrede, es que...

Su padre cruzó los brazos.

—¿Ya te bañaste? —preguntó.

—No.

—¿Te lavaste los dientes?

—No.

—¿Has llamado a tu abuela como quedamos, al menos una vez a la semana?

—No.

—¿Has estudiado matemáticas o español?

—No, pero leí un libro.

—¡Oooh...! —pareció darle un ataque de éxtasis—. ¿Quieres que lo grite por la ventana? ¿Doy la exclusiva en Internet? ¿Me desmayo?

—No —Felipe bajó la cabeza contrariado.

—¿Y dices que no nos tomas el pelo? Hijo: siempre haces lo que te da la gana. Por lo tanto... —levantó las manos con las palmas hacia arriba y dijo—: Nosotros también.

—¿Y si...?

—No es hora de negociaciones —volvió a agarrar el control del videojuego—. Bueno, déjame continuar que quiero seguir batiendo mi récord, novato.

—¡Ja!

—Felipe...

—¡Bueno, ya!, ¿no?

El hombre lo miró por última vez. Luego se lo deletreó:

—Hache, u, e, ele, ge, a. Huelga. ¿Entendiste? Perfecto. Adiós.

Volvió a encender la consola e inició una nueva partida.

Primero su madre, ahora su padre. Aquello iba en serio.

Vaya que iba en serio.

Abatido, como un general derrotado, Felipe fue a su cuarto olvidándose de bañarse y lavarse los dientes ya que nadie iba a obligarlo, y tras de comer otra ración de cereal con leche salió a la calle igual que un preso con la libertad condicional recién conseguida tras haber estado treinta años en una prisión.

Porque aquella mañana, el mundo era diferente.

Caminos sin salida

Ángel abrió los ojos como platos cuando se lo contó.

—¿Huelga? —se sorprendió.

—Eso dicen.

—Pero ¿eso no es cuando los de abajo piden algo a los de arriba? O sea... ¿los subordinados a los que mandan?

—Sí, ¿no?

—¿Y cómo van a hacer huelga los que mandan?

—El mundo al revés —respondió Felipe, exteriorizando sus pensamientos.

—¿Y cómo vas a arreglarlo? —se preocupó Ángel.

—¿Los que negocian no son siempre los sindicatos?

—Sí, pero que yo sepa no hay un sindicato de niños.

—Pues debería haberlo —siguió sumido en su confusión Felipe.

—¿No está ése...? ¿Cómo se llama...? El que defiende... ¡El defensor del pueblo!

—¿Y tú crees que ese señor me haría caso a mí?

—Eres parte del pueblo, ¿no? Bueno, quiero decir que todos lo somos.

—¿No había una oficina para la defensa del menor o algo parecido?

—Ni idea.

Estaban en un callejón sin salida. Podían darle vueltas y más vueltas y la única realidad era que Enrique Puig Bellacasa y Sonia Brunell Martínez se habían declarado en huelga.

Ni siquiera sabían si existían precedentes.

—Hace poco hubo una huelga de pilotos y no volaba ningún avión —dijo Ángel—. Luego, se declararon en huelga en una fábrica, y nadie hizo nada en dos semanas. Lo sé porque mi tío Agustín era uno de los que estuvieron en huelga de brazos caídos.

—¿Cómo lo arreglaron?

—Pactando.

—Sí, pero ¿cómo?

—Lo de los aviones, no sé, pero en la fábrica, sí. Ellos pedían cien y los mandamases ofrecieron veinte. Luego unos dijeron que noventa y los jefazos que treinta. Las negociaciones terminaron cuando unos dijeron que no bajaban de ochenta y

—¿Tú crees?

—Si no comes, adelgazarás y todo eso, y si además te enfermas... Uy, seguro se les cae el teatrito.

—¿Enfermarme, en pleno verano?

—No sé dónde podrías contagiarte de gripa, o un simple resfriado. Nadie está enfermo.

—Imagínate que le cuentan a tus padres...

Ángel se quedó blanco.

Como la cera.

—¡Ay, Dios! —se estremeció con los ojos desorbitados.

—¿Qué te pasa?

Su amigo se lo soltó igual que una bomba:

—¡Tu madre y la mía se veían hoy para no sé qué cosa!

Ahora sí, el mundo acabó de hundirse bajo sus pies.

Solo en casa

Cuando llegó a su casa sus padres no estaban.

El silencio era absoluto.

Felipe atravesó el pasillo como un explorador perdido en el desierto atraviesa las dunas ardientes que lo envuelven por todas partes. No quiso mirar los carteles. Ni tocarlos. Se metió en la cocina y allí, pegado en el refrigerador, vio el mensaje.

"Querido hijo, hemos salido a comer fuera y a pasarla bien. No te preocupes si llegamos tarde. A lo mejor vamos al cine, o a bailar, o las dos cosas. ¡Ja, ja, ja! Besos. Te queremos".

Además se burlaban.

"Ja, ja, ja."

"Besos."

"Te queremos."

¡Pues qué bien!

Ni siquiera una palabra con relación a que comiera, estudiara... Nada, ¡nada! Se olvidaban de él olímpicamente.

¡Estaban en huelga!

Felipe miró la cocina con amargura. Abrió el refrigerador y fue como si mirara un programa de la tele mudo. O peor, uno de televisión de paga sin señal. Toda la vida insistiéndole que comiera bien y ahora dejaban que se las arreglara solo. No era justo. Se le quitó el hambre de golpe y fue a su habitación. La cama sin hacer, la ropa por el suelo, exactamente donde la había tirado o dejado caer él la noche anterior. Lo mismo la pijama al levantarse. No faltaban sus tenis apestosos, que nunca se acordaba de airear en la ventana para no "perfumar" el ambiente. Se ponía un día unos y al otro otros para alternar, porque sus pies eran una fábrica de aromas pútridos.

Un desastre.

Encima, con la moral tan baja y el humor de perros, no tenía ni ganas de aprovecharse de las circunstancias. Se sentía tan raro. No era él. Podría agarrar la consola y pasarse toda la tarde disfrutándola. O conectarse a Internet y lo mismo, navegar de un lado a otro. También podría ver la tele, escuchar música a todo volumen, llamar a Ángel y que fuera a su casa para jugar juntos sin miedo a los regaños...

—Es como si yo ya no formara parte de esto —se dijo de pronto.

El mundo no era perfecto. Se había convertido en un lugar extraño, inhóspito. Una selva.

Acabó comprendiendo que tenía hambre, así que regresó a la cocina y volvió a abrir el refrigerador. Tampoco debía de ser tan difícil prepararse algo que no fuera un sándwich. Sacó una lata de caldo y de la parte baja, un bistec congelado. En la despensa encontró un frasco con fideos. Llenó un cazo con el caldo, le añadió los fideos y puso todo a calentar. Lo del bistec era más complicado, pero el microondas tenía una opción para descongelar comida. Puso el bistec en un plato, lo metió y presionó el botón correspondiente para ponerlo a trabajar.

Se sentó en una silla a esperar con la cabeza dándole vueltas.

Se imaginó toda su vida de niño teniendo que prepararse cada día el desayuno, la comida y la cena.

Otro estremecimiento.

No, Ángel le había dicho que los huelguistas, primero, presionaban, para reivindicar sus derechos, y que luego acababan negociando.

¿Cuándo sería eso?

Aunque sólo fueran unos días, lo de cocinar, lavarse la ropa... todo le parecía mucho trabajo.

Cuando la sopa de fideos empezó a hervir, la quitó del fuego. El bistec ya estaba bastante descongelado, así que lo puso en una sartén. ¿Faltaba algo? Sí, aceite. Lo preparó todo y, bueno, a esperar que se hiciera. No fue al comedor. Se quedó en la cocina y dispuso la mesa en la que solían comer o cenar a veces, cuando lo hacían de manera frugal o sólo estaban él y su madre o él y su padre. La sopa estaba hirviendo y se quemó la lengua, pero fue un mal menor. El filete casi se le puso negro por uno de los lados, y además, por haber utilizado demasiado aceite, una llamarada rojísima envolvió la sartén por unos segundos. Se asustó. Si encima le prendía fuego a la casa...

Al final todo salió mejor de lo que esperaba.

Comió sumido en sus pensamientos y de postre se tomó un yogur. Luego dejó los platos y los cubiertos en el fregadero y se quedó mirándolos absorto.

Iba a tener que lavarlos.

Los lavó.

Después fue a su cuarto, recogió la ropa, colocó sus tenis en la ventana y estiró las sábanas para dar apariencia de que se había hecho la cama.

No era mucho, pero al menos lo hacía con buena voluntad.

"Ellos" tendrían que valorarlo.

"Ellos."

Ya los veía como marcianos, con antenitas y todo.

¿Y ahora qué?

La tarde era suya. Podía hacer cualquier cosa. Fue al teléfono para llamar a Ángel y, justo cuando iba a tomar el auricular, el aparato se puso a sonar.

Sus padres, seguro, preocupados por saber si había comido, si estaba bien...

—¿Sí?

—¡Felipe!

No eran sus padres, era Ángel, y por el tono de voz, más bien parecía que gritaba...

—¿Qué te pasa? —se alarmó.

Y su amigo le soltó la bomba.

—¡Mis padres también se pusieron en huelga!

La plaga se extiende

Se reunieron en el parque, lejos de los demás, para evaluar la situación. Temían que los teléfonos estuvieran intervenidos. La situación era grave, extrema, única...

La situación era dramática.

—Lo mismo que a ti —le dijo Ángel—. Carteles por toda la casa, hasta en los armarios, como diciéndome, "Si te quedas sin calzones limpios, allá tú, hay que lavar los sucios"; y se fueron al cine con tus papás, tan tranquilos. ¿Y sabes qué es lo peor?

—¿Puede haber algo peor?

—¡No van a darme dinero porque no trabajo! ¡Dicen que comida no faltará, pero eso es todo! ¡No van a darme nada salvo un techo, cama, algún beso...! ¡Eso me dijeron, te lo juro! "Tienes derecho a comida, cama y algún beso, porque eres nuestro hijo, pero nada más". ¿Lo puedes creer?

Felipe ya lo creía todo.

Casi era experto en el tema.

—Se volvieron locos —suspiró abatido.

Y eso que la teoría de la abducción y la conspiración extraterrestre le gustaba más.

—Tiene que haber leyes contra las huelgas de padres, seguro —dijo Ángel cruzándose de brazos.

—¿Cómo lo sabremos?

—Buscando en Internet, obvio.

—¿No hablamos el año pasado en clase de algo llamado "Los derechos del niño" o "Los derechos de la infancia"...?

—¡Sí! —gritó su amigo—. Decían que teníamos derecho a muchas cosas.

—Pues investiguemos.

—¿En tu casa o en la mía?

—Da lo mismo. No hay nadie en ninguna de las dos.

La casa de Felipe estaba más cerca, así que fueron a ella. Desde la entrada, Ángel se topó con los carteles reivindicativos. Cuando se metieron en la habitación, el chico abrió los ojos.

—¿Quién hizo la cama y recogió la ropa?

—Yo —respondió Felipe bajando la mirada.

—Vaya —no supo qué decir su amigo.

—Pensé que...

—No, no, si es una buena táctica. ¿Por qué no se me habrá ocurrido a mí?

—Lo tuyo es reciente. Yo ya llevo más que tú con esto.

Se sentaron frente a la computadora y, cuando estuvieron en Internet, escribieron "Derechos del niño". Al momento aparecieron un montón de páginas hablando de ello.

—¿Ves? —se animó Ángel—. ¡Tenemos derechos!

Abrieron la primera.

Los leyeron uno por uno, con mucho cuidado.

Aquello era sin duda genial, pero por ninguna parte les explicaban qué debían hacer en caso de que los padres se declararan en huelga.

—Podemos "exigir" nuestros derechos —propuso Ángel.

—¿Y si ellos "exigen" los suyos?

—Pues a ver si también hay "Derechos de los padres".

Escribieron las cuatro palabras y nada. Muchas páginas de todo tipo, blogs, tonterías y demás historias, pero ninguna tan clara y precisa como la que hablaba de la infancia.

—Los padres no tienen derechos —dijo Ángel. No sonaba muy convincente—. Volvamos al parque —sugirió después de unos segundos.

—¿Otra vez?

—Sí —Ángel paseó su mirada cejijunta por las cuatro paredes de la habitación.

—¿Qué miras?

Su amigo bajó la voz, se acercó a su oído y le preguntó:

—¿Cómo sabes que no te pusieron una cámara?

—¡Estás paranoico!

—¡Chissst! —le tomó por el brazo y tiró de él—. Anda, vámonos.

No tuvo más remedio que seguirlo. Apagó la computadora y regresaron a la calle discutiendo sobre aquella locura de la cámara espía.

—¿Cómo crees que sorprenden a los políticos y graban sus conversaciones telefónicas? —insistía Ángel—. ¡Les ponen cámaras hasta en en el baño!

Llegando al parque se les apareció uno de sus compañeros de escuela y de juegos. Se llamaba Iker y era un auténtico peligro.

Un chico problema.

Se paró frente a ellos y los aplastó con la mirada.

—¿Se puede saber en qué problema se han metido? —les soltó sin andarse por las ramas.

—¿Nosotros? —exclamaron al unísono.

—¡Sí! ¡Sus padres están llamando a todos los del barrio y la escuela! ¡Quieren que se sumen a una huelga! ¡Incluso amenazaron con hacer guardias para vigilar si alguna madre no cumple y se ablanda! ¡Esto es... como una guerra!

Felipe y Ángel abrieron y cerraron la boca sin decir nada.

No podían.

—¡Van a querer hablar! —los amenazó Iker con un puño cerrado que más parecía un mazo.

—Nosotros...

—... no tenemos...

—... ni idea...

—¡Algo habrán hecho! —interrumpió Iker su tartamudeo a dos voces—. Los padres no se despiertan un día y piensan "Voy a ver cómo fastidio hoy a mi hijo" —se enfureció aún más—. ¡Una huelga de padres es lo más estúpido que he oído!

Una señora que caminaba cerca lo miró molesta por su lenguaje.

—Todo empezó por su culpa —Ángel señaló a Felipe.

—Mal amigo —se enojó sintiéndose acorralado por Ángel.

—¡Es la verdad! ¡Fueron tus padres los que empezaron con esto! ¡Y es porque tú siempre te pasas un montón!

—Eso no es cierto.

—¡Si hasta tú lo has dicho, y te ríes!

Felipe iba a estallar.

Además lo traicionaba su mejor amigo...

—Bueno eso ya da igual —reflexionó Iker bajándole a su tono agresivo pero sin perder el mal humor.

Se quedaron pensativos.

La situación era grave. Demasiado. Ponerse a discutir resultaba de lo más absurdo cuando lo que se les avecinaba iba a requerir de toda su energía.

Iker casi pegó su nariz a la de ellos.

—Mañana por la mañana todos aquí, a las diez. Corran la voz —dijo en plan conspirador.

Por la mañana se despertó a las nueve y veinte. Recordó la asamblea de niños del parque y saltó de la cama muy rápido. En el techo, la mancha que representaba a Águila Negra empezaba a sentirse muy sola. La esperanza de que las aguas hubieran vuelto a su cauce se disipó de inmediato cuando vio los mismos carteles en el pasillo y encontró a su madre en la terraza... pintando.

¡Pintando!

Se le acercó por detrás y desencajó el rostro. Se suponía que pintaba la escena urbana que se veía desde allí: las casas, las calles, la montaña al fondo, el mar a lo lejos... Pero, suponiendo que aquellas manchas deformes reflejaran mínimamente el panorama, en el cuadro el cielo era rojo, las casas verdes, el mar violeta y la montaña naranja. Su madre debía de ser seguidora de aquel tipo que se había cortado la oreja por no vender nunca un cuadro. Habían hablado de él en clase

de literatura al ver algunas de sus obras. Van...
Van... ¡Van Gogh!

Primero la gimnasia, luego tomar el sol en
biquini, ahora pintar.

¿Qué haría al día siguiente?

—¿Mamá?

—Ah, hola cielo, buenos días. Bonito, ¿eh?

—¿Bonito...? ¿Eso?

Su madre hizo un gesto ignorarlo.

—Tú no tienes buen gusto —dijo—. Ni lo
tendrás, claro. Reprobando como repruebas —se
encogió de hombros—. Una pena, pero a mí me
da lo mismo, allá tú.

Felipe se sintió herido en su amor propio.

—¿Te da lo mismo que repruebe?

—Ahora sí. Para eso estamos en huelga.
Luchamos por una vida mejor y más digna.

"Ellos" luchaban por una vida mejor y
más digna.

Cada día era peor.

—¿Y papá?

Los domingos su padre siempre le insistía en ir
de paseo, jugar futbol juntos, visitar museos... y
él le decía que no, que tenía partido, o había quedado con Ángel, o cualquier cosa, como si en el
fondo le diera vergüenza ir con su padre siendo...
¿tan mayor?

Ahora no se sentía especialmente mayor.

Sino muy, muy niño.

—Salió a correr —le anunció su madre.

—¿Papá...? ¿Salió a correr?

—Para ponerse en forma. Ahora que podremos viajar...

Iban a dejarlo solo.

Se irían a China, o a Colombia, o a Kenia, y lo dejarían solo.

Ya no pudo decir nada más. Le faltaban palabras. Cuanto más abría la boca era peor. Y tampoco quería escuchar los "planes" de sus "nuevos" padres.

Se bañó, se lavó los dientes, llevó la ropa sucia a la lavadora, arregló su cama, desayunó, se vistió mientras se daba cuenta de que en el armario cada vez quedaba menos ropa limpia, y a las diez menos cinco salió de casa.

Se despidió sólo por educación.

—¡Me voy!

—Muy bien, ¡que te diviertas! —le deseó su madre.

Llegó al parque más y más confundido, con el cerebro del revés, incapaz de razonar. Nada más con ver la zona de la reunión comprendió que aquello iba a ser peor de lo que imaginaba, cien por ciento tempestuoso. Allí se habían congregado ya dos docenas de niños y niñas.

Y llegaban más.

La discusión estaba en su apogeo. Gritos, exclamaciones.

—¡Mi madre se fue a bucear!

—¡La mía se compró un saxofón!

—¡Mi padre decidió volver a actuar y se la pasa recitando poesías con una pose de lo más ridícula!

—¡El mío dice que quiere ser escultor!

—¡Mis padres se pasan el día dándose besitos y diciéndose cursilerías como si fueran novios, y parecen TAN felices...!

Esta última afirmación hizo que todos los chicos y chicas miraran impresionadísimos a la niña que lo había dicho.

El silencio duró por lo menos tres segundos.

Luego volvieron a hablar todos a la vez, en voz alta, tratando de hacerse oír unos a otros.

—¡Los míos ya no discuten por mí, para nada!

—¡Los míos no se enojan, se ríen por todo!

—¡Yo anoche rompí un jarrón y ni me gritaron! ¡Como si nada! Y cuando les dije que lo sentía me contestaron: "Tranquilo, hijo, lo apuntamos en tus 'deudas'".

—¿Y eso qué es?

—¡Que el día menos pensado nos hacen pagar todo lo que hemos roto, cuando seamos grandes y trabajemos, creo!

El horror llegaba cada vez a límites más insospechados. Cada declaración superaba la anterior. Era como ver en directo una película de terror en la que el psicópata de turno va matando a las personas una por una, a sangre fría, y con deliberado sadismo.

—¡Eh, eh! —alzó la voz Iker, que por momentos se convertía en el líder de todos ellos—. ¡Ya está bien de quejarnos y lloriquear! ¡Es hora de pasar a la acción, que nosotros no somos mancos!, ¿de acuerdo?

—¿Y qué hacemos? —preguntó Mariví, una chica tan alta que jugaba de poste en su equipo de basquetbol.

—Sí, ellos tienen el poder —dijo Antonio remarcando esa última palabra con pánico.

—¡Nos aplastarán! —se puso apocalíptica Teresa, la más sensible de todo el grupo.

—No perdamos la calma —Iker extendió las dos manos con las palmas hacia abajo para dar mayor énfasis a sus palabras—. Las huelgas se hacen para conseguir algo, no duran siempre. Ahora nos están poniendo a prueba. Nos dicen: "¿Ven lo que pasará si esto dura?". Bueno, pues ya lo sabemos.

—Pero ¿por qué lo hacen? —preguntó una niña llamada Carlota—. ¿Qué tiene que ver lo de la huelga con que, de pronto, se pongan a hacer cosas raras?

—Como se olvidan de nosotros, tienen más tiempo para hacer lo que nunca pueden hacer y querrían hacer, o aquello a lo que renunciaron al casarse y ser padres —explicó Mariasun.

Otra niña se echó a llorar. Se llamaba Perla y era de las más pequeñas.

—Pero... nos quieren, ¿no?

Todos intentaron tranquilizarla.

—Claro que sí.

—Por eso nos tuvieron.

—Exacto. Se supone que lo hacen por nuestro bien. Nos están educando.

La niña se quedó momentáneamente tranquila.

Aunque la palabra "educar" hizo temblar a más de uno.

Felipe y Ángel, por si acaso, no abrieron la boca. Después de lo que había dicho Iker de que la culpa era del primero, porque sus padres habían iniciado el movimiento de los "indignados huelguistas paternos"... era mejor callar.

—Escuchen —volvió a tomar la palabra Iker—. Les repito que es mejor no perder la calma. Los primeros días son los más críticos porque las posiciones se radicalizan. Luego llega la hora de la razón y todo el mundo se sienta a negociar.

—¿Y qué es lo que quieren, que nos portemos bien SIEMPRE? —exclamó Berto.

—Para eso no hace falta negociar —dijo Elisenda—. Nos lo exigirán, pegarán cuatro gritos y ya está.

—No, no, no —insistió Iker—. No va por ahí el asunto. Cada uno de nosotros preguntará a sus padres qué es exactamente lo que quieren, y entonces, a cambio, les diremos nuestras peticiones.

—Peti… ¿qué? —preguntó el burro de Fernando.

—Peticiones, cosas que cada uno de nosotros queremos que cambien, como poder llegar más tarde a casa, jugar más tiempo con los videojuegos o comer dos helados en lugar de uno en verano. Hay que pactar. Por eso la negociación no puede ser colectiva en este caso. No somos empleados de una fábrica con un comité, como me cuenta mi padre que pasa donde él trabaja. Cada uno es su propia empresa, así que tendrán que negociar uno por uno. Un padre querrá que su hijo no diga groserías, y el otro que estudie, pero el que tiene un hijo que ya aprueba lo que querrá es que sea puntual o... yo qué sé, cosas así. ¿Entienden?

Lo entendían, lo entendían.

Vaya que lo entendían.

Y la sola idea de "negociar" con sus padres les parecía imposible.

—Mis padres querrán TODO —suspiró Josema.

—Imagínate el mío...

—Y el mío.

—Y el mío.

Los murmullos de abatimiento y desánimo se expandieron por doquier.

Pero ya estaba todo dicho.

No había otra opción.

—Negociar —repitió Iker—. Mañana nos contaremos lo que hemos conseguido, para tomar nota unos de otros, ¿les parece?

Asintieron con la cabeza muy poco convencidos.

—¡Vaya verano que nos espera! —musitó Ángel.

Felipe pensó que si sólo fuera el verano...

La lección de Laureano

La asamblea del parque terminó y los asistentes afligidos se marcharon en todas direcciones. Unos a casa, otros se quedaron por allí formando grupos. Felipe y Ángel se apartaron y se ocultaron detrás de unos matorrales.

Por lo menos nadie les había echado la culpa.

—¡Qué broncota!

—Y que lo digas.

—La vida te da cada susto...

No querían ponerse filosóficos, ni fatalistas, pero cuanto más pensaban en el asunto más se desanimaban. Se sentaron en el suelo en silencio y a los pocos segundos apareció Laureano, el jardinero.

Era un buen tipo, agradable y cariñoso, bonachón y simpático. Otros jardineros creían que el parque era suyo y les gritaban por cualquier cosa, como si cada piedra tuviera que quedarse donde estaba y cada matorral tuviera que conservar todas sus hojas y no caer ni en otoño. Todos amargados. Laureano no. Vivía y dejaba vivir.

Y eso que adoraba el parque, la naturaleza, los árboles. Por algo era el jardinero.

—¡Qué caras! —les dijo mientras sostenía el rastrillo—. ¿Qué les pasa?

—Nada —se encogió de hombros Felipe.

—Pues para no pasar nada...

—Tenemos problemas en casa —dijo Ángel.

—¿Y quién no? —Laureano chasqueó la lengua con un dejo de ternura—. Además, están en la edad.

—Ya.

—Los padres nunca lo entienden. Se les olvida que un día fueron niños, posiblemente peores que ustedes. Y si lo recuerdan, quieren que todo sea distinto.

Daba gusto hablar con alguien que los comprendía.

—Los nuestros se han puesto en huelga —confesó Felipe.

—Vaya —el jardinero movió la cabeza de arriba abajo y su cara denotó expectación—. Deben de estar hasta el gorro para llegar a eso.

—Tampoco es para tanto —refunfuñó Ángel.

—Todo depende del punto de vista —matizó Laureano.

—Somos niños, tú dijiste —le recordó Felipe.

—Pero no tienen licencia para matar, como el 007 ese de las películas. O sea, que no tienen licencia para hacer lo que les dé la gana, y menos en una colectividad familiar.

—Ya estás de su parte.

—No, sólo soy racional.

Felipe y Ángel volvieron a hundirse en sí mismos.

—Bueno, lo siento —dijo Laureano—. De todas formas todos hemos pasado por eso, no son los primeros ni los últimos, y mucho menos los únicos.

Dio un paso para alejarse de su lado.

—Oye, espera —lo detuvo Felipe—. ¿Cómo que "todos hemos pasado por eso"? ¿Qué quieres decir?

—Pues que lo que me cuentan no es ninguna novedad.

—¿Ah, no?

—¡Para nada! —el jardinero soltó una risa—. Yo también tuve padres y un día... ¡Zas, como los suyos!

—¿Se pusieron en huelga?

—Sí.

—¿Y qué pasó?

—Que pensé que era broma —su rostro se ensombreció un poco—. Pensé que cederían, que a fin de cuentas era su hijo y me querían... Así que seguí con mi rollo y... bueno, ya ven —puso cara de resignación—. No me quejo, me gusta ser jardinero. Me gusta mucho. Pero de niño, soñaba con ser reportero del *National Geographic* y viajar por todos los rincones del mundo, saboreando la vida salvaje y la naturaleza. Y me lo perdí por tonto.

Felipe y Ángel de nuevo se desanimaron.

—¿Qué... te perdiste?

—No pude estudiar por mis malas calificaciones, empecé a trabajar desde los dieciséis años, me perdí por completo, y cuando quise darme cuenta ya era demasiado tarde. Tuve que aprender a cocinar, a poner una lavadora, a ser responsable, por necesidad. Me puse al día en las cosas más comunes, que antes me parecían sin importancia. Así que fue bastante difícil.

—¿Dejaron de quererte? —balbuceó Felipe.

—No, eso no. Mis padres me adoraban.

—¿Entonces...?

—Dijeron que era por mi bien.

—Sí, ya —refunfuñó Ángel.

—En serio. Todos los padres se vuelven locos por sus hijos, y en los dos sentidos —sonrió con ternura—. Locos de amor por un lado, y locos por todo lo que hacen, por el otro. Bueno, al menos tonto no soy y, aunque tarde, comprendí eso de que uno cosecha lo que siembra, que es una frase hecha y no sé de dónde salió pero es muy cierta.

—¿Y por qué no negociaste con ellos? —preguntó Felipe.

—Creí que se cansarían.

—Y no se cansaron.

—No —el jardinero movió una mano arriba y abajo exclamando—. ¡Uy, lo bien que se la pasaron al no tener que estar pendientes de mí! Mi madre se inscribió en una escuela de ballet y hasta actuó varias veces, y mi padre estudió aeronáutica.

—¿Y si te enfermabas?

—Bueno, entonces sí me cuidaban, que para algo éramos una familia. Pero lo de ser mis sirvientes o aguantármelo todo... se acabó.

Sobrevino un denso silencio.

No se oía nada, ni a los más pequeños jugando en la zona infantil.

—Bueno, ahora sí los dejo, que debo rastrillar todo el parque. ¡Chao!

Se le quedaron viendo mientras caminaba, alejándose, de espaldas, con su paso cansino y paciente.

Por eso no vieron cómo Laureano sonreía de forma misteriosa.

La cita

Llegó a casa y, lo mismo que el día anterior, no había nadie. Ni un mensaje. La vida no sólo empezaba a ser pesada, sino aburrida. Por si acaso las negociaciones eran largas y lentas, comenzó a poner de su parte. Habitación, ropa, lavadora...

Aunque, ¿cómo iba a "negociar", si ellos nunca estaban en casa?

No tenía ni idea de cómo usar la lavadora, pero ¡qué casualidad!, el instructivo estaba justamente al lado. Pensó intentarlo.

Pero al final desistió.

Eran palabras mayores.

Si la rompía, o si provocaba una inundación y subía la vecina de abajo, a la que le caía tan mal...

A la hora de comer se preparó la comida.

Otra vez lo mismo, porque era lo más fácil: sopa y un bistec frito. Acabaría odiándolos si continuaba así, porque además no le quedaban igual que a su madre. El sabor, sobre todo, era distinto.

¿Cómo lo lograba ella? ¿Experiencia?

Después de comer fue al parque, pero no había nadie. Imaginó a todos los niños y niñas negociando ya con sus padres. Y él... nada. Regresó a casa y primero pensó en jugar con sus videojuegos, pero no quería que sus padres volvieran y lo encontraran así. ¿Ver la tele? Lo mismo. ¿La computadora? Tampoco. Así que si quería empezar con buen pie tenía que poner algo de su parte.

Aunque no quería, abrió el libro de matemáticas y se pasó una hora estudiando.

Luego leyó otra hora.

Las seis de la tarde.

Faltaba una eternidad para la cena y no sabía qué más hacer.

Increíble.

A los diez minutos sonó el teléfono. Cuando vio en la pantallita el número de quien llamaba, se alegró un montón.

Era su madre.

Contestó de inmediato.

—¿Sí?

No era una llamada para supervisarlo, de ésas que hacen los padres para saber si uno está en casa y todo está en orden. Era una llamada de...

—Ah, hola, Felipe, soy mamá.

—Hola.

—Sólo quería avisarte que iremos al cine y llegaremos tarde. Para que no te preocupes, como olvidé dejarte un recado... Pero todo está bien, ¿eh?

Ni una pregunta para saber cómo estaba, si había comido...

Nada.

—Mam...

Su madre había colgado.

Se iban al cine.

Fantástico.

Estudió otro rato matemáticas. Leyó otro poco. Fue al parque. Nadie. Regresó a casa y llamó a Ángel para saber cómo le había ido. Sonó varias veces. Colgó. Esperó diez minutos y lo intentó de nuevo, no tuvo suerte. Empezó a ponerse nervioso.

Sintió ganas de gritar.

A las ocho y treinta y cinco sonó de nuevo el teléfono.

Su madre.

—¡Oye, mamá! —trató de protestar.

Ni caso.

—Felipe, nos encontramos a los Pérez y cenaremos con ellos, ¿está bien?

—¿Y a qué hora regresarán?

—Ni idea, ¿por qué?

—Es que quiero hablar con ustedes —se rindió.

—¿Hablar? —el tono fue más bien de sorpresa—. Ah, bueno... Déjame revisar mi agenda... A ver...

¿La agenda?

Casi se puso a gritar.

—Pero...

—Sí, ¿qué te parece pasado mañana a las diez? —lo interrumpió su madre.

¡Pasado mañana! ¡Y a las diez! ¡Ni que fuera una cita!

—¡Mamá!

—Ay, Felipe, hijo, no grites. ¿Qué pasa?

—Es que... —se sintió desesperado.

—¿Es algo urgente?

—¡Sí!

—Dice que es urgente —la oyó decir en voz baja, seguro hablaba con su padre. Luego volvió a dirigirse a él—: Está bien, pues intentaremos llegar pronto a casa.

—Bueno —suspiró Felipe.

—Ve cualquier cosa en la tele y espéranos, ¿te parece? ¡Chao!

¿Cualquier cosa... en la tele?

¿Le dejaban ver "cualquier cosa", programas basura, películas que no entendía...?

Dejó el teléfono en su lugar y se derrumbó sobre el sofá.

Ya no podía más.

Los minutos siguientes se le hicieron eternos.

La lista

Por lo menos sus padres llegaron pronto. O lo de la cena era mentira o se habían apurado. Lo encontraron leyendo en su habitación, como un buen chico. Cuando se asomaron por la puerta, porque no escuchó cuando abrieron la de la entrada —señal de que, pese a todo, lo hicieron muy silenciosamente para ver si lo pescaban haciendo algo malo—, los dos parecían las personas más felices del universo.

Incluso daban la impresión de haber rejuvenecido mucho.

Su madre estaba guapísima; su padre, en forma.

—Hola, ¿qué lees? —le preguntó él.

Deseaba saltar de la cama y empezar la negociación cuanto antes, pero no quiso que creyeran que estaba desesperado.

—Una novela —respondió con calma. Y agregó—: La segunda de hoy.

Esperaba un gesto de sorpresa por parte de su padre, pero ni eso.

—¿Es buena?

—Sí.

—¿Querías hablarnos de algo... urgente? —manifestó su madre como por casualidad.

—Sí, mamá.

—Muy bien. Nos ponemos cómodos y te esperamos en el comedor en cinco minutos.

Lo dejaron solo.

Cinco minutos.

Ponerse cómodos.

Contó los trescientos segundos, reloj en mano. No perdió ni uno más. Fue al comedor y se sentó a la mesa. La primera que apareció fue su madre, usando una bata.. Luego lo hizo su padre, con unos pantalones viejos y sus pantuflas. Se sentaron y lo miraron.

Felipe se armó de valor.

Habían sido los tres días más espantosos de toda su vida, así que no vaciló. Cualquier cosa era mejor que seguir de aquella forma.

—Está bien —asintió—, ¿qué quieren?

—Bueno, ahora mismo... acostarnos y dormir —dijo ella.

—Me refiero a mí —trató de no perder la paciencia—. ¿Se trata de que me porte bien, y estudie, y lea, y arregle mi habitación y todo eso?

—Bueno... —su madre miró a su padre.

—Si sólo fuera eso... —su padre la miró.

—¿Hay más? —vaciló él.

Intercambiaron la última mirada y, entonces sí, como por arte de magia apareció en manos del cabeza de familia un papel pulcramente escrito a mano.

Se lo puso a Felipe sobre la mesa.

No dijo una palabra.

El chico tomó el papel y empezó a leer las condiciones de sus padres para que todo volviera a la normalidad.

Cosas que queremos:

No debes pelearte.

Videojuegos, media hora al día y una hora los festivos.

Leerás al menos una novela a la semana. Si es gorda, de más de 300 páginas, dos semanas.

Comerás a tus horas.

No te atascarás de comida chatarra a escondidas.

Te lavarás los dientes por la mañana al levantarte, al mediodía después de comer y por la noche al acostarte.

Llevarás la ropa sucia a la lavadora.

Ventilarás tus zapatos en la ventana (aunque puedas asfixiar a los vecinos).

Al llegar a casa no tirarás todo por el suelo. Colgarás tu chamarra en el gancho, dejarás la mochila en tu mesa.

Comerás despacio.

Masticarás con la boca cerrada.

Te irás a dormir a tu hora sin protestar.

Beberás agua, nada de tomar refrescos llenos de azúcar.

Veremos la tele en familia un rato cada día y comentaremos las cosas que pasan, para explicarte lo que no entiendas.

No te tirarás pedos cuando se te dé la gana.

No eructarás, ídem de ídem.

Llamarás a la abuela al menos una vez a la semana sin necesidad de recordártelo y, si puedes, irás a verla.

Serás educado con los vecinos (con todos).

No bajarás por las escaleras como si fueras un caballo desbocado.

Dirás "buenos días, buenas tardes, buenas noches" cuando se dirijan a ti o cuando te encuentres a alguien.

Abrirás la puerta a las personas mayores y las dejarás pasar primero.

Ahorrarás para tus gastos sin esperar a que, con sólo abrir la boca, todo te caiga del cielo.

No pedirás una consola de videojuegos nueva cada año ni todos los juegos habidos y por haber.

Estudiarás más y no reprobarás.

Nota: esta lista está sujeta a posibles cambios o añadidos, en caso de ser necesario.

Se había ido poniendo blanco y enfermo, a medida que leía. Cuando terminó de leerla —la devoró sin respirar— lo primero que hizo fue llenar sus pulmones de aire para no ahogarse.

Había puntos de cajón, pero otros...

¡Como si aprobar fuera fácil!

Y lo de que "estaba sujeta a posibles cambios o añadidos". Los miró como el condenado a muerte mira al verdugo que ya afila el hacha para rebanarle el pescuezo.

—Vaya… —suspiró.

Sus padres lo miraron impávidos.

—Esto es... mucho —gimió—. Muchísimo y abusivo.

La misma cara de póquer.

—¡Bueno ya!, ¿no? —comentó conteniendo las lágrimas.

Aunque un buen llanto siempre ayudaba.

No, mejor no.

—Ya no me quieren —dijo.

—Te queremos más que nunca, porque nos rompe el corazón hacerte esto —dijo su padre—. Pero no hay más remedio, por el bien de todos. Tu madre no para, está todo el día detrás de ti, y yo, dado que me estrené como padre el mismo día que tú te estrenaste como hijo, y no venías con instructivo, ya no sé qué hacer. Los castigos no sirven de nada.

—Esto es una familia, hijo —repuso su madre—. Todos somos uno. Lo que le pasa a uno repercute en los otros dos. O aprendemos a vivir juntos o... es un caos.

—¿Y qué quieren que haga?

Se levantaron al unísono.

Su padre señaló la lista.

—Léela bien y mañana hablamos —respondió directo al grano—. Nos expones tus quejas, discutimos lo que haya que discutir, planteas tus inconformidades si las tienes, porque quizá equivocamos en algo, y así, como personas razonables, llegaremos a un acuerdo de convivencia.

—¿Te parece? —quiso dejarlo claro su madre.

No tenía escapatoria.

Y ya era tarde para ponerse a discutir sin más.

—Sí —estuvo de acuerdo.

—Pues buenas noches, hijo.

El primer beso se lo dio ella en la mejilla izquierda. El segundo él en la derecha. A Felipe le supieron a gloria.

Los mejores besos de toda su vida.

Luego salieron del comedor y lo dejaron solo.

Solo con aquella crueldad.

Volvió a leerla despacio, con el corazón a mil.

El cuarto día

Le costó dormirse, porque leyó la lista varias veces. Cuando se metió en la cama todavía revoloteaba por su cabeza. Y por supuesto soñó con ella. Estaba atado a una silla y sus padres, los abuelos, los profesores, los amigos, incluso Ángel, lo torturaban con nuevas propuestas. La lista crecía y crecía. Al final era como un largo rollo de papel higiénico escrito por todos lados. Miles y miles de peticiones, reivindicaciones, exigencias...

Se despertó agobiado, dando un brinco, y se quedó sentado en la cama con el corazón a mil.

En el sueño, su madre lo perseguía exigiéndole que estudiara nueve carreras universitarias, todas a la vez, ¡y con excelentes calificaciones!

—¡Sopla! —respiró profundamente.

Esta vez sí miró la mancha de humedad del techo. Necesitaba de todo el apoyo, aunque Águila Negra no fuera más que eso: una mancha y un personaje de su imaginación.

—Jao, jefe —suspiró.

Ya no había nadie en casa. Volvían a dejarlo solo. Su padre estaría en el trabajo y su madre, aparentemente, ni pintaba ni hacía gimnasia ni tomaba el sol en biquini. La reunión se celebraría a la hora de comer, así que tenía toda la mañana para prepararse a conciencia.

Lo primero, llamó a Ángel.

—Soy yo, ¿puedes hablar?

—Yo también soy yo —respondió su amigo como en secreto—. Estoy solo.

—Anoche me dieron una lista de peticiones —dijo Felipe.

—A mí también.

Las compararon, y más o menos decían lo mismo. Era increíble lo monotemáticos que podían llegar a ser los padres con determinados asuntos. Una vez analizadas y discutidas, llegó la gran pregunta.

—¿Qué hacemos? —puso el dedo en la llaga Felipe.

—No sé, discutir punto por punto, supongo. Es lo que se llama negociar.

—Pero si sólo hablamos de lo que piden ellos...

—No, no, también tenemos que negociar lo que vamos a pedir nosotros. Yo también haré mi lista.

—Es lo que pensaba.

—¿Qué pedirás?

Felipe lo meditó.

En realidad no tenía ni idea. Estaba perfectamente antes de que comenzara aquella locura de la huelga.

—Para empezar, que entiendan que soy un niño y estoy aprendiendo.

—No funcionará.

—¡Pero si es la verdad!

—Dirán que es una excusa.

—Mira, si no te han dicho nunca que un cristal se rompe con el choque de algo, una pelota, por ejemplo, ¿tú cómo vas a saberlo? Cuando tienes dos, tres o cuatro años no tienes ni idea de nada, y vas y, ¡pum!, rompes el cristal. Pues luego ya lo sabes, pero primero tienes que romperlo.

—Sí, supongo que a eso lo llamaríamos "experiencia" —convino Ángel.

—A mí me basta con que entiendan eso.

—De todas formas yo voy a hacer una lista. A ver qué me sale.

—Yo también.

—Está bien, luego nos llamamos o nos vemos, para intercambiar ideas.

—Perfecto.

Cortaron a la vez y Felipe se fue a su cuarto. Tomó una hoja, una pluma, y pasó los siguientes treinta minutos estrujándose el cerebro en busca de cosas que pedir a sus padres. Primero no le salía nada, al menos nada que fuera lógico, coherente y racional. Después sí, se le prendió el foco y empezó a tomar notas, apuntes, para perfeccionarlo poco a poco. Una hora después pasó en limpio sus primeras peticiones.

Soy un niño y estoy aprendiendo. Tengo derecho a equivocarme. Ustedes deben educarme.

Si rompo algo, no lo hago queriendo. Y para saber que las cosas pueden romperse, primero debe haber un accidente, que se rompan, y así sé que no tengo que volver a hacerlo.

Cuando me tuvieron sabían muy bien en qué lío se metían, así que no me echén la culpa de todo.

No quiero que me gritén por cualquier cosa.

Si están de mal humor, no se desquiten conmigo.

Quiero que papá juegue más conmigo.

Quiero escoger la ropa que me pongo cada día.

Si tengo que ahorrar, necesito que me den más dinero.

No quiero ir a los cumpleaños que no me interesan ni pasarme dos horas sentado en una silla sin poder moverme para no romper nada.

No se le ocurrió nada más.
Al menos nada que fuera interesante.

Iba a llamar a Ángel cuando sonó el teléfono. Era él. Discutieron las listas y su amigo le copió lo de los cumpleaños. Felipe a su vez usó una de sus peticiones.

Una vez a la semana, al menos, quiero escoger yo la cena, para ir a comer hamburguesas o una pizza o ir a un lugar divertido de verdad.

—¿Listos? —suspiró Felipe.

—Listos —dijo Ángel.

—Vamos a cruzar los dedos a ver qué pasa.

—¡Hasta luego!

Las siguientes dos horas, mientras leía otro libro tan bueno como los últimos que acababa de leer durante aquellos días, Felipe aguardó el regreso de sus padres a casa para celebrar la tan esperada reunión.

El momento decisivo.

El momento decisivo

La primera en llegar fue su madre. No tocaron el tema hasta que, media hora después, aterrizó en casa su padre. Entonces sí, con su lista entre las manos, Felipe se quedó en la puerta del comedor esperando que ellos aparecieran.

Primero temblaba como un flan.

Luego no. Los nervios desaparecieron.

Por lo menos aquella pesadilla acabaría pronto.

—Vaya —dijo ella—. Tienes ganas de que acabe la huelga, ¿eh? Con lo bien que me la estaba pasando.

—Puedes seguir pasándola bien —le dijo Felipe—. Nadie te impide que hagas gimnasia, pintes o tomes el sol en la terraza —obvió el biquini—. Ni que todo sea culpa mía.

Su madre le revolvió el pelo con cariño.

—Ya estoy aquí —anunció su padre—. ¿Nos sentamos?

Se sentaron en el comedor, en sus respectivas sillas. Felipe no sabía qué hacer, pero ellos sí.

—Primero tu lista —le pidió el cabeza de familia.

Se la dio.

La leyeron.

En silencio.

Cuando acabaron, se miraron, asintieron, y entonces su padre dijo:

—Aceptado todo.

Felipe se quedó perplejo.

—¿Todo?

—Sí, son peticiones lógicas. Nosotros estamos abiertos al diálogo.

—Ah.

—Ahora las nuestras —dijo su madre.

La lista era tan larga que Felipe pensó que se pasarían el resto del día allí.

—Empieza —pidió su padre.

—Bueno, a ver... —buscó de nuevo la calma—. Lo de que no me pelee, no me tire pedos y no eructe... ¿Qué pasa si me provocan o me dan primero? ¿Y si se me sale uno? Eructar puedo controlarlo pero lo otro...

—Si te pegan primero, te defiendes. Pero tú no vayas repartiendo golpes sin más.

—Yo nunca reparto golpes sin más —se quejó con acritud—. Más bien soy de los que reciben.

—Lo de los pedos...

—Prometo aguantarme o irme corriendo al baño... si es que llego.

—Aceptado.

Los miraba y parecía que se la estuvieran pasando en grande. A veces incluso era como si aguantaran las ganas de reír.

¿Quién era capaz de entenderlos?

—Lo de comer a mis horas, está bien. Lo de la comida chatarra, estoy de acuerdo. Lo de llevar la ropa sucia a la lavadora, también. Lo de sacar los zapatos, aceptado. Lo de colgar la chamarra y la mochila, también. Lo de los dientes... ¡Es que a veces no me acuerdo!

—Te lo recordaremos —dijo ella.

—Aunque cuando lo hagamos, no queremos ni un "pero" de los tuyos ni ninguna excusa como "más tarde" o "cuando me acueste" —dijo él.

—Bueno —concedió Felipe.

—Sigue. Vamos bien.

Siguió mirando la lista. Llegaban los puntos conflictivos.

—Lo de comer despacio y masticar bien es complicado.

—¿Por qué es complicado?

—¡Es que no me sale!

—¿Lo intentarás?

—Eso sí.

—Con esto nos basta, ¿verdad, Quique?

—Sí, Sonia.

—¿Ves como hablando se entiende la gente? Sigue —volvió a decir su madre.

—Llamaré a la abuela, iré a verla, seré educado con la gente, les abriré la puerta y diré todo eso de "buenos días" y "buenas tardes" y "buenas noches", no bajaré por la escalera a lo bestia... ¡pero me niego a dar besos a todo el mundo!

—Los niños...

—¡Mamá! ¡El tío Pepe huele mal, y la señora Carmen pica, como si tuviera barba!

—Son mayores y te quieren.

—¡Ah!, ¿y por eso me he debo aguantar? ¡No es justo!

Intercambiaron otra mirada y, sin decir nada, asintieron.

—De acuerdo —dijo su madre—. Nada de besos si no quieres.

Vaya, un éxito.

Decidió aprovecharlo y tocar uno de los temas difíciles.

—Lo de los juegos de video me parece injusto. Media hora al día y una hora los festivos es poco.

—¿Qué propones?

—Una hora al día.

—No es negociable.

—Cuarenta y cinco minutos.

—De lunes a viernes, no. Los fines de semana quizá.

—Los fines dos horas.

—Una y cuarto.

—Una y tres cuartos.

—Una y media.

Nueva mirada entre sus padres.

—De acuerdo, media hora al día los días de escuela y una hora y media los festivos.

Cuando querían... eran negociadores duros. Abordó otro punto conflictivo.

—Lo de estudiar y no reprobar... No es tan fácil. A veces en un examen te tocan sorpresas que te matan.

—No es negociable —señaló categórico su padre.

—¡Papá!

—Es tu futuro. Te lo juegas durante estos años. Puedes tener un accidente, una reprobada. Dos, como este año, ni hablar.

Ahí estaba atrapado. Iban a ser inflexibles. No tuvo más remedio que acceder, aunque era lo más difícil de todo.

—Está bien —suspiró.

—Esto de ahora es una huelga, porque eres pequeño, pero cuando seas mayor de edad podemos echarte de casa —el hombre le apuntó con un dedo inflexible—. Estudia, Felipe. No juegues con eso.

No podía decir "lo intentaré" o "me esforzaré". No lo aceptarían.

—Está bien.

—¿Palabra?

—Palabra.

—Ya falta poco —se alegró su madre.

Sí, la lista se reducía rápido.

—Acostarme a mi hora sin protestar, está bien, pero en verano...

—Concedido. Habrá un margen, sobre todo en vacaciones.

—Leer, ya leo. Estos días he encontrado muy buenos libros.

—La mayoría lo son. Otra cosa es que el tema te interese o no. Es el ánimo con el que se leen lo que los hace buenos o malos. Un buen ánimo predispone a que te guste. Si lo haces de mala gana, no te concentras y estás de mal humor, no entenderás nada.

—Entonces bien, ¿no?

—Nos queda lo de que tomes agua y no refresco...

—¡No puedo pasarme la vida tomando agua!

—De acuerdo. Este queda anulado.

—¿Ahorrarás si te damos más dinero?

—Sí, papá.

—¿Veremos la tele en familia un rato para explicarte cosas y que las entiendas, o podemos ojear juntos el periódico?

—Sí, mamá.

—¿No pedirás una consola de videojuegos cada año ni todos los juegos habidos y por haber?

—Es que por Navidad sale la Bomb-Two PRQ-7 X-Killer.

—Felipe...

—¿Y los juegos?

—Ya veremos de aquí a Navidad.

Estaba harto de negociar. De aquí a Navidad podían pasar muchas cosas, que se ganarán la lotería o que la consola se la comprara la abuela, aunque con su pensión... Lo único que quería era que todo, o casi todo, volviera a ser como antes.

¡Había hecho un montón de concesiones!

—Ya está, ¿no?

El último silencio.

Supo que sí, que ya estaba, cuando su madre abrió los brazos y él quedó sepultado por ellos en un amoroso y tierno gesto de cariño.

Al que se sumó su padre.

¡La pesadilla había terminado!

¡Fin de la huelga!

—Te queremos, hijo —escuchó las dos voces como un canto celestial.

Ése era, sin duda, el mejor regalo.

Un nuevo comienzo

Estaba agotado.

Pero en el fondo se sentía feliz.

Tampoco era como haber firmado un pacto con el diablo.

¡Total!, los padres siempre eran bastante flexibles y daban margen. Lo único que tenía que hacer era no volver a tensar tanto la cuerda que provocara su enojo o... una nueva huelga.

Después de comer les pidió permiso para ir al parque y le dijeron que sí. Primero estuvo a punto de bajar por las escaleras corriendo, como siempre, pero justo antes del primer salto recordó el punto en el que se prohibía eso en los acuerdos recién pactados. Así que bajó peldaño por peldaño.

Se encontró, una vez más, a su vecina pegada a la pared, temiendo su descenso vertiginoso, y él, caminando tan tranquilo, le sonrió y le dijo:

—Buenas tardes, señora Elvira.

La dejó con la boca abierta.

—Bue... bue... buenas tardes, F-F-Felipe —respondió la mujer sin poderlo creer.

También pasó frente a Federico, el conserje, caminando como una persona civilizada.

—Buenas tardes, Federico.

—Vaya, buenas tardes —se quedó pasmado el hombre.

Salió a la calle pensativo. A veces, portarse bien era una lata, era aburrido. Otras, tampoco estaba mal. La gente se sentía mejor y parecía feliz.

Y si todo el mundo era feliz...

—Vaya con la huelga —suspiró.

Ojalá a todos los demás las cosas también les hubieran salido estupendamente.

Antes de llegar al parque vio a Ángel corriendo hacia él. Lo esperó, porque su amigo se detuvo a causa del semáforo, y aunque no pasó ningún coche, aguardó a que la luz cambiara a verde. Cuando llegó a su lado se miraron expectantes.

—¿Qué tal?

—Bien, ¿y tú?

—Lo mismo.

Respiraron aliviados y se abrazaron felices.

—Es duro ser niño —reflexionó con un toque de pesar su amigo.

—Un poco, sí.

—¿Tú crees que ellos lo saben?

—Supongo, no sé.

—¿Y crees que ya se olvidaron de cuando lo fueron?

—Siempre dicen que eran otros tiempos, y que todo ha cambiado y cosas así. Nuestros padres no tenían ni teléfonos celulares ni Internet, y los abuelos no tenían televisor...

—¿Te imaginas? —se estremeció Ángel.

—Dentro de cincuenta años a saber lo que habrá, y entonces nuestros hijos también nos verán como a una cosa antigua.

—Yo no tendré hijos. Son una lata.

Felipe se rio por la ocurrencia de su compañero.

—Pues yo no voy a olvidarme de que fui niño. Nunca. De hecho, me lo paso genial.

—Y yo.

—Y todos.

Empezaron a ver al resto de los "damnificados". Poco a poco el parque se fue llenando de sonrisas de alivio y diálogos curiosos.

—Ellos mandan, pero nosotros...

—Que si la escuela, que si estudiar, que si ir a clase de inglés...

—De danza...

—De piano...

—Puras trampas.

—Sí, sí.

Cuando se cansaron de hablar, se dieron cuenta de que la tarde era magnífica y el verano estaba a la vuelta de la esquina.

—¿A qué jugamos? —preguntó una de las chicas.

Felipe vio a alguien a lo lejos.

A Laureano, el jardinero.

Hablando con su madre.

Se estaban riendo.

Frunció el ceño. No sabía que su madre conociera al jardinero del parque.

Ángel también se dio cuenta del detalle.

—Oye, ¿tú crees...?

—No —dijo Felipe.

—No, claro —le secundó su amigo.

—No son tan listos.

—Para nada.

—Los listos somos nosotros.

—Claro.

Siguieron mirando a Laureano y a la madre de Felipe, que caminaban tranquilamente sin dejar de reír.

—Bueno, se acabó —Ángel jaló de él.

Y los dos echaron a correr libres, felices.

Índice

Jordi Sierra i Fabra

Nació en Barcelona en 1947, aunque él prefiere decir siempre que nació en la Tierra porque no cree en fronteras ni banderas. A los 8 años decidió que sería novelista y no ha parado de escribir desde entonces. Hijo único, de familia humilde, se encontró con pocas posibilidades de alcanzar su sueño entre otras cosas por la oposición paterna a que fuera escritor. Su vinculación con la música rock (ha sido director y en muchos casos fundador de algunas de las principales revistas españolas entre las décadas de los años 60 y 70) le sirvió para hacerse popular sin perder nunca de vista su auténtico anhelo: escribir las historias que su volcánica cabeza inventaba. Su primer libro lo editó en 1972. Ha escrito cuatrocientas obras, muchas de ellas best-sellers, y ha ganado casi 30 premios literarios además de recibir un centenar de menciones honoríficas y figurar en múltiples listas de honor. En 2005 fue candidato por España al Nobel Juvenil, el premio Hans Christian Andersen 2006, en 2007 recibió el Premio Nacional de Literatura del Ministerio de Cultura español, y en 2009 vuelve a ser candidato al Andersen de 2010. Sus cifras de ventas superan los 10 millones de ejemplares.

En 2004 creó la Fundació Jordi Sierra i Fabra en Barcelona, que en 2010 recibió el Premio IBBY-Asahi de Promoción de la Cultura, y la Fundación Taller de Letras Jordi Sierra i Fabra en Medellín, Colombia, como culminación a toda una carrera y a su compromiso ético y social.

En 2011 ingresó como patrono del Instituto Cervantes, siendo el primer autor de literatura infantil y juvenil en conseguirlo.

Más información en el sitio oficial del autor:

<www.sierraifabra.com>